中华文化丛书

Collection Cultures Chinoises

Serie sobre la Cultura China

Chinesische Kultur für die Welt

中華文化シリーズ Collection Cultures Chinoises

Chinese Culture Series

Serie sobre la Cultura China 中華文化シリーズ

Chinesische Kultur für die Welt

中华文化丛书

Chinese Culture Series

中华养生

◎吉军 编著

江西出版集团
百花洲文艺出版社

图书在版编目(CIP)数据

中华养生/吉军编著.—南昌：百花洲文艺出版社，
2009.7
（中华文化丛书）
ISBN 978-7-80742-649-3

Ⅰ.中⋯ Ⅱ.吉⋯ Ⅲ.养生(中医)-基本知识 Ⅳ.
R212

中国版本图书馆CIP数据核字(2009)第107866号

中华文化丛书

中华养生

吉军 编著

出版者：江西出版集团·百花洲文艺出版社
　　　　（南昌市阳明路 310 号　邮编:330008）
电　话：(0791)6894736　　(0791)6894790
网　址：http://www.bhzwy.com
发行者：百花洲文艺出版社
印　刷：江西华奥印务有限责任公司
版　次：2009 年 9 月第 1 版第 1 次印刷
规　格：860mm×980mm　16开本
印　张：9.625印张
字　数：120千字
书　号：ISBN 978-7-80742-649-3
定　价：56元

（如印装质量有问题,请与印刷厂联系调换）
电话：(0791) 8368111

中华文化　丛书

ZHONGHUA WENHUA CONGSHU

编辑工作委员会

致 读 者

　　中华文化是世界上最古老的文化之一，也是中华民族智慧的结晶。它丰富的内涵，不仅充分表现出以华夏文化为中心的统一性，而且有着非常明显的多民族特点。中华文化的统一性，在中国历史上的任何时刻，即使是在多次的政治纷乱、社会动荡中，都未曾被分裂和瓦解过；它的民族性则表现在中国广袤疆域上所形成的多元化的区域文化和民族文化。而在悠久的历史长河中，随着中外文化交流的频繁，中华文化又吸收了许多外来的优秀文化。它的辉煌体现在哲学、宗教、文学、艺术里，它的魅力体现在中医、饮食、民俗、建筑中。数千年来，它不仅滋养着炎黄子孙，而且对世界其他地区的历史与文化产生了重要的影响。

　　在进入 21 世纪的今天，越来越多的人对中华文化产生了浓厚的兴趣。许多国家兴起了学汉语热，来中国的外国留学生也以每年近万人的速度递增。近年来，一些国家还相继举办了"中国文化节"，更多的外国朋友愿意了解、认识古老而又现代的中国。

　　为了展示中华民族的优秀文化，促进中华文化与世界各国文化之间的交流，我们策划、编撰了这套"中华文化丛书"（外文版名称为"龙文化：走近中国"）。整套丛书用中文、英文、法文、日文、德文、西班牙文，向中外读者展现了中华文化的丰富内涵。在来自不同领域的百余位专家、学者的笔下，这些绚丽的中华文化元素得到了更细腻、更生动、更详尽、更有趣的诠释。

　　整套丛书共分 36 册，从《华夏文明五千年》述说中国悠久的历史开始，通过《孔子》、《孙子的战争智慧》、《中国古代哲学》、《科举与书院》、《中国佛教与道教》，阐述中华民族精神文化的不同基因与思想、哲学发展的脉络；通过《中国神话与传说》、《汉字与书法艺术》、《古典小说》、《古代诗歌》、《京剧的魅力》，品味中国文学从远古走来一路闪烁的艺术与光芒；通过《中国绘画》、《中国陶瓷》、《玉石珍宝》、《多彩服饰》、《中国古钱币》，展示中国古代艺术的绚烂与多姿；通过《长城》、《古民居》、《古典园林》、《寺·塔·亭》、《中国古桥》，回眸中国古代建筑史上的璀璨与辉煌；通过《民俗风韵》、《中国姓氏文化》、《中国家族文化》、《玩具与民间工艺》、《中华节日》，追溯中国传统礼仪、民俗文化的起源与发展；通过《中医中药》、《神奇的中医外治》、《中华养生》、《中医针灸》，领略中国传统医学的博大与精深；通过《中国酒文化》、《中华茶道》、《中国功夫》、《饮食与文化》，解读中国人"治未病"的思想与延年益寿的养生方法；通过《发明与发现》、《中外文化交流》，介绍中国科技发展的渊源与国际交流合作之路。

这套丛书真实地展现了中华文化的方方面面，作者以通俗生动的语言，在不长的篇幅内，图文并茂地讲述了丰富的历史、故事、传说、趣闻，突出知识性、可读性和趣味性，兼顾多国读者的阅读习惯，很适合对中华文化有兴趣的中外大众读者阅读。

参加本套丛书外文版翻译工作的人士，大都是多年生活在海外的华人学者，校译者多为各国的相关学者。在本套丛书出版之际，谨向这些热心参与本项工作的中外人士致以崇高的敬意和感谢。

本套丛书由中国山东教育出版社、中国百花洲文艺出版社和中国湖南科学技术出版社联合出版。2009 年 9 月，中国将作为主宾国，参加在德国法兰克福举办的国际书展。我们真诚地希望，这份凝聚着中国出版人心血的厚重礼物能够得到全世界读者的喜爱。

卢祥之

2009 年 1 月 15 日

■ 中华养生文化源于太极文化

目录

引 言

　　2008年8月8日，在北京举行的第29届奥林匹克运动会开幕式上，2008名太极拳演员隆重表演了太极拳。为了充分表现太极拳外刚内柔、天人合一的意境，他们排成圆阵。因为在中国传统的观念中，圆为大，意为圆满。这个阵势叫"天圆地方"，象征着和谐。

　　为什么中国举办国际性重要活动时大都安排盛大的太极拳表演？

　　在中国，太极拳不仅仅是一项简单的健身运动，同时也是中华民族传统文化的标志。一种健身运动居然蕴涵着深刻的文化内涵，这是为什么？

　　这就要从太极拳的命名与起源说起。太极拳之所以以太极

为名，其意取于《易·系辞》。太极是指万物的原始浑元之气，因而太极图呈浑圆一体、阴阳合抱之象。中国传统文化中的太极图阐述了宇宙发展运动的基本规律，它是五千年中华文明的结晶。

2007年6月9日，中国民间文艺家协会将河南省温县确定为中国太极拳发源地，并决定在温县设立中国太极拳文化研究基地。太极拳是中国传统健身拳术之一，它在初创时期主要用于技击，发展到现代，不但可以用于技击与防身，而且也能广泛用于健身防病。以太极为代表的中华养生文化具有鲜明的东方文化特色，它对东方众多民族的养生文化均有不同程度的影响。目前，太极拳已传播到100多个国家和地区，全世界练习太极拳者已近1亿人。

◀ 太极拳表演

古代中医在悬丝诊脉

特 色 篇

中华民族的经典古籍记录了先人的思想轨迹，《黄帝内经》是中国现存最早的较为完备的中医学经典，书中就有四十余篇涉及了养生内容，其中有两篇是专门论述养生内容的。养生是指人们依据生命发生、发展的规律，采取能够保养身体、减少疾病、增进健康、延年益寿的手段所进行的保健活动。人们习惯于将养生的理念与方法叫做养生之道。中华民族的祖先在实践中勇于探索，积累了丰富的养生经验，同时也创造了灿烂的中华养生文化。中国人的祖先在创造汉字的时候就已经注意记录健康与疾病的内容了，这能够从出土文物甲骨文中找到证据。

甲骨文是甲文和骨文的合称，甲文多数刻在龟的腹甲上，少数刻在龟的背甲上；骨文主要是刻在牛骨和鹿骨上面。两者合起来，称为龟甲兽骨文字。那些刻有远古文字的

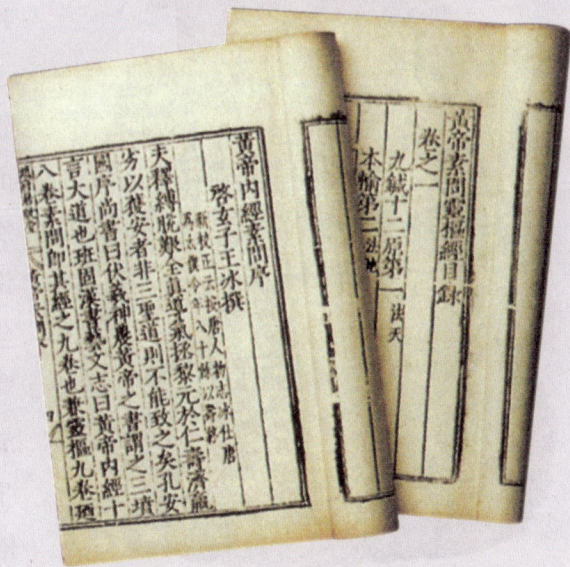

中华文化丛书
ZHONGHUA WENHUA CONGSHU
中 华 养 生

◀《黄帝内经》书影

龟甲兽骨埋在地下3000多年，到了19世纪末才在一次偶然的机会中被发现。当时一位官员病了，在煎药前，他打开一包中药，对着处方，一味一味地查看，竟然在一味中药"龙骨"片上，发现有些"花纹"。他非常好奇，经过很多研究才搞清楚这些"花纹"是什么。原来，这些所谓的花纹竟是记载东方人类文明的甲骨文。而中药"龙骨"实际上是古代多种哺乳动物骨骼的化石，具有平肝潜阳、镇惊固涩的功效。"龙骨"在《神农本草经》这本书里早已有了记载。看来，"龙骨"不仅仅是一味中药，而且还是中国早期文字的优良载体。

祭祀狩猎涂朱牛骨刻辞（商）▶

现代汉语中"疾病"二字是连称的，但在古代汉语中，一般用了"疾"字就不用"病"字，用了"病"字就不用"疾"字；"疾"多指较轻的身体不适，而"病"则指较重的疾患。甲骨文中有许多象形字，形象生动，寓意深刻。如"病"字，好像一个流血的人，躺在一张床上。而"疾"字，恰如一个人，腋下

▲ 宰丰骨匕刻辞（商）

中了一支箭。大意表明人在频繁的氏族战争中中箭受伤时，血流满身的情况，从而创造了这最早的"疾病"二字。当时古人能够将所见所闻真实记录、真实表达，这本身就是一种艺术审美。

中华民族数千年的养生经验，逐渐发展成为一门学问，中华养生学是在中华民族传统文化背景下发展起来的，它必然体现中国传统文化的特征。那么，中国的养生文化究竟是一种怎样的文化呢？概括地讲，中华养生文化具有以下特色：重视改善生存环境，重视营造宜居环境，预防重于治疗，药食同源，顺应自然，形神并重，以适度为美，多民族文化交融，吸纳各家所长，等等。下面让我们通过一个个精彩的故事来展示这些特色。

顺应自然，改善环境

　　顺应自然以养生具有两层含义：一方面，机体内环境的平衡协调和人体外界环境的整体统一，乃是人体生命活动赖以存在的必要条件。换言之，人们只有做到内在机体与外在自然环境的和谐协调，才可能实现去病延年的养生目的。另一方面，它也是中国传统文化中"天道自然"的哲学观在人体科学领域的必然延伸。研究中华养生可以发现，中华养生文化所追求的实际上是一种人体生命与自然万物的整体和谐状态。

福建武夷山风光 ▶

健康是长寿的先决条件，每个人的健康状况在很大程度上又依赖于他所生活的环境。环境包括地理环境、气候环境、社会环境和每个人居住的小环境。在环境中，有许多因素每时每刻都在作用于人的机体。中国有很多民居是根据当地特殊环境设计的，目的是有利于居住者的健康生活，例如北京四合院、苏州园林、安徽明代民居、藏族碉房、傣族干栏、苗族吊脚楼、蒙古族蒙古包等。宜于养生又有特色的中国著名文化村落有安徽西递、云南丽江、山西平遥、江西婺源、江苏周庄、福建永定等等，透过这些建筑布局我们能够看出先人在营造它们时所贯彻的养生理念。

庖丁解牛游刃有余

庄周是道家的著名代表人物，他的哲学思想在《庄子》一书中得到充分体现。此书中记载了一则寓言，读起来很有味道：

有一天，庖丁被请到国君的宫里，为其宰杀一头肉牛。只见他用手按着牛，用肩靠着牛，用脚踩着牛，用膝盖抵着牛，动作熟练自如。站在一旁的国君不觉看呆了，他禁不住高声赞叹道："啊呀，真了不起！你宰牛的技术怎么会有这么高超呢？"

庖丁赶紧放下屠刀，对国君说："我做事喜欢探究事物的规律。在刚开始学宰牛时，因为不了解牛的身体构造，眼前所见无非就是一头头庞大的牛。等到我有了三年的宰牛经验以后，我对牛的构造就完全了解了。我再看牛时，出现在眼前的就不再是一头整牛，而是许多可以拆卸下来的零部件了！我可以娴熟自如地按照牛的身体构造，将刀直接刺入其

庄子像 ▶

筋骨相连的空隙之处，利用这些空隙便不会使屠刀受到丝毫损伤。我既然连骨肉相连的部件都不会去硬碰，更何况大的盘结骨呢？一个技术高明的厨师是用刀割肉，一般一年换一把刀；更多的厨工则是用刀去砍骨头，所以他们一个月就要换一把刀；而我的这把刀已经用了十九年了，宰杀过的牛不下千头，可是刀口还像刚在磨刀石上磨过一样锋利。我用极薄的刀锋插入牛骨的间隙，自然显得宽绰而游刃有余了。所以，我这把用了十九年的刀还像刚磨过的新刀一样。"

国君听了庖丁的一席话，连连点头，似有所悟地说："我听了您的这番金玉良言，还学到了不少修身养性的道理呢！"

世间万物都有其固有的规律性，只要在实践中不断摸索，久而久之，就能掌握其规律，从而做到熟能生巧。人们的养生

6

活动大都充分利用大自然赋予的各类资源，并且按照自然规律去从事养生，只有这样，才能获得较好的养生效果。

虎守杏林赞名医

改善生态环境，自古就不乏其人，有一位医德高尚的名医为后人做出了榜样。距今1800多年的三国时期有位名医叫董奉，有一年他行医到了江西，就在风景优美的庐山居住下来。他给患者看病不收钱，但要求患者在庐山栽杏树，重病好了栽五株，轻病好了栽一株。就这样，几年下来，杏树已栽到十余万株，环

▼ 董奉草堂

7

境宜人，就连老虎也喜欢到杏林嬉戏取乐。董奉还用这些成熟的杏子换成谷子，来救济穷人。有个投机取巧的年轻人，拿来很少的谷子，却摘了满满一筐杏子。这时守护在杏林的老虎见他以少换多，便吼着追了上去，吓得那个年轻人拼命逃跑，结果跌倒在地，杏子落了一地。回到家里一看，筐里的杏子和他给的谷子一样多。这位年轻人后悔自己投机取巧，贪占便宜多拿杏子。

董奉为什么要让病人栽杏树呢？

这不仅因为杏子是一种美味可口的夏令水果，更重要的是杏仁、杏叶、杏花均可入药。特别是杏仁，它是一味常用的祛痰止咳、平喘润肺的中药。种植杏林，同时改善了生态环境，甚至吸引了动物来栖息。董奉的义举还净化了社会环境，教育了贪婪之人。千百年来，董奉的高尚医德启迪着人们的心灵，教育着后世行医之人。

合浦珍珠盼清官

生活在大自然的人和动物都对自身所处的环境非常敏感，因为环境直接影响着其生活质量，生活在中国南部沿海的珠贝对此深有体会。这些可爱的珠贝需要什么样的环境呢？

在中国的南部省份广西有个叫合浦的地方，这里是驰名中外的珍珠之乡，所产珍珠颗粒圆润，色彩艳丽，品质超群。传说古时有一年合浦来了个太守，他为人奸诈，一上任就贪赃枉法，鱼肉百姓。他见合浦珍珠质地纯良，泽艳如霞，便心生贪欲。为得到大量合浦珍珠，他竟强迫珠民日夜不停地狂捕滥采，结果珠贝感到日夜不宁，既难以捕捉食物以滋养体内的珍珠，又难以休养生息繁殖后代，所以幸存的珠贝纷纷逃生到南海较远的海域。珠贝的生存环境被人为地破坏，没过多久，珠池衰败，贝少珠绝，珠宝商贾也不来了，珠民们断绝财源，生活难以维持。

◀ 合浦珍珠

皇帝闻知此事，大怒，把这个贪财的太守革职问罪，并派为官清正廉明的新太守治理合浦。新太守巡察到合浦珠池后，看到一片荒凉景象，十分同情珠民和珠贝的悲惨遭遇，他立即兴利除弊，亲自组织珠民恢复生产，一面运送粮食，安定生活；一面修复珠池，为珠贝的繁殖创造良好条件。用了不到一年的时间，南逃的珠贝就成群结队回归故里，外出谋生的珠民也纷纷回到合浦家乡，珠宝商也云集合浦，珍珠又以自己的美丽走向世界。当地百姓盛赞新太守是个为民办事、廉洁奉公的好太守。

薏苡仁治瘴收奇效

广西的合浦珍珠给世人留下很好的印象，可是在历史上有个小人为了诬陷忠臣，竟把中药薏苡仁说成是合浦珍珠。这是怎么回事？

此事要回到2000多年前的汉朝中叶。当时皇帝派一位老

薏苡仁 ▲

将军到南方平息叛乱。因南疆气候炎热，瘴气熏蒸，军士水土不服，许多人患了病，无法投入战斗，影响平叛进程。为了尽快治愈疾病，老将军四处寻找良方。这时有人献出治瘴偏方，建议军士服食本地盛产的薏苡仁，这是一味治瘴良药。老将军下令部队照此方服用，果然有效，将士很快就恢复了健康，迅速平息了叛乱。人们没有想到，小小的薏苡仁竟然能够对抗恶劣环境引发的疾病，真是太神奇了！当老将军凯旋时，对薏苡仁的神奇功用倍加赞赏，便用船只装载了一些薏苡仁，以便回到内地培育繁殖，供日后防病治病。谁知此时有人恶意诬告，说他贪赃枉法，在广西大量搜刮合浦珍珠，中饱私囊。一贯廉洁奉公的老将军，一气之下，将薏苡仁全部倾倒在停船的漓江中，谣言诬告不攻自破。皇帝闻知此事，盛赞其耿直廉洁，并予封赏。

麝香引发流产

昂贵的香料本来用来美化居住环境，不料却导致女性反复流产，这是什么道理？

故事发生在距今 400 多年前的明朝，有位将军的独生子已经 30 多岁了，结婚 14 年却一直未有孩子，他的妻子怀孕六次，流产六次。无奈之下，他

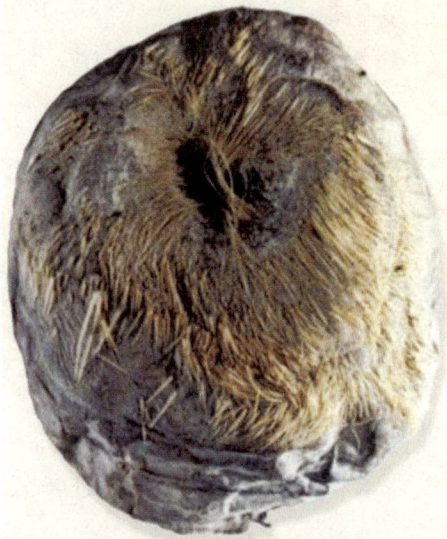

◀ 麝香

只得娶个小妾，可是怪事又发生了，这个小妾在怀孕之后照样流产。这家人请来一个道士，念咒烧符，折腾了足足两个月。小妾终于又怀孕了，可过了两个月，小妾还是流产了。此事让将军的独生子非常伤心。为了保胎，他不知请了多少大夫、吃了多少药、花了多少钱，可仍旧没能保住一个胎儿。这可如何是好？

后来，那位将军通过官府请到一位资深的太医。太医来到他家后，将军把儿子及其妻妾都叫来。太医和他们一见面，似乎发现了什么问题。太医围着他们转了一圈，闻到他们身上有

温馨的家 ▲

一股浓烈的香味，于是太医心中有数了。太医说要去他们的居室看看。他们很快就一起来到住处，太医首先发现他们居室的门是紧闭的，推开居室的门，一股浓烈的香味扑面而来。太医非常肯定地说道："你们居室里一定放了麝香，麝香是活血的药物，能够祛除淤血，但也能促使孕妇流产。居室天天关着门窗，麝香如此浓郁，岂能不流产！"将军责问他的儿子为什么在室内放麝香，他儿子回答说："我只知道麝香是上等的香料，闻起来感到舒适，没想到麝香还会让妇人流产。"反复流产的病因终于找到了，于是，将军让儿子立即搬到新的居室，不许放任何香料，不许紧闭门窗。没过多久，将军就抱上了孙子。

橘过江则为枳

橘子是橘树的果实，酸甜可口；而枳实是枳树的果实，又苦又涩，两者却是同一物种。那为什么会生出不同的果实呢？答案要从下面的故事中寻找。

古代齐国有位非常精明的晏子先生，他出使来到楚国，楚王请晏子喝酒。喝酒喝得正高兴的时候，两名楚国公差绑着一个人到楚王面前来。楚王问道："你们绑着的人是干什么的？"公差回答说："他是齐国人，在楚国行窃，被我们抓住。"楚王看着晏子问道："你们齐国人是不是生来就爱偷东西？"晏子

12

离开了席位回答道:"我听说过这样一件事:橘树生长在淮河以南的地方就是橘树,生长在淮河以北的地方就是枳树,只是叶相像罢了,果实的味道却不同,橘树结果酸甜可口,而枳树结果又苦又涩。为什么会这样呢?这是由于水土条件不相同所致。现在您面前的这个齐国人在齐国不偷东西,一到了楚国就偷起来了,莫非楚国的水土使他爱偷东西?"楚王笑着说:"看来我们不能和有才智的人开玩笑,和他开玩笑是自找倒霉。""橘过江则为枳"本来是说明水土对植物品质的影响,后来常常用来比喻不同的社会环境可以造就不同品德的人,说明社会环境对人成长的影响非常大,不良的社会风气会使人产生不健康的心态与行为。

◀ 橘

一傅众咻难学好

还有个例子同样说明一个人的生活环境对其健康成长的作

用。中国有个成语，叫"一傅众咻"，说的是古代齐国非常强盛，而楚国有位官员非常想学习齐国，于是请了一个齐国人当老师，来教儿子齐国话。可是他儿子的周围有许多楚国人整天在干扰他，同他吵吵嚷嚷。在这样的环境中，他儿子用了很大精力也没学好齐国话。在周围环境的巨大影响下，就是用鞭子逼迫他，他也学不好齐国话。如果那位楚国官员不是这样做，而是将他儿子带到齐国去，让他在齐国都城生活几年，那么他的齐国话很快就会学好。这个故事给人这样的启示：不良的社会环境会影响一个人学习优秀的文化，也会影响他的健康成长。

市民在练习太极剑 ▼

北京四合院格局

北京四合院的基本布局是一进院，通过一进院的内部结构就能了解四合院的基本内部结构。这种院落的特点是坐北朝南，方位最好的房间是正房，一般为三间，正房两侧各有一间耳房，成为三正两耳，共五间。如果院落窄小，仅有四间房的宽度时，三间正房的两侧可以各置半间耳房，呈"四破五"的格局。正房南面两侧为东西厢房，各三间，与

正房成"品"字形排列。正房对面是南房，又称倒座房，间数与正房相同。这样由四面房子围合起来形成的院落叫四合院。这种一进院落的小型住宅，宅门开在东南方向。若是四合院时，宅门一般采取门庑式，占据倒座房东头的一间或半间。进门后迎面是镶砌在东厢房南山墙上的座山影壁。向西通过屏门便可进入内院。如果南面没有倒座房而仅有院墙时，则在东南方位做墙垣式门。这种典型的一进院落，是北京四合院的基本单元。

北京四合院给人的印象犹如一个封闭的盒子，关起了门，院内人就与院外人脱离了关系，这很符合中国人所称道的"不

是一家人，不进一家门"的说法。在院内，各房的人却是紧密联系的，院内有一个游廊，即使是下雨天，院内的人们都能互相串门。院内都会有一个院子，这是供院内一家人休憩、游乐的场所。

　　四合院内各房的安排也很有讲究，符合伦常的配置，主要体现在住宅方面。正房开间和进深尺寸都要比厢房大，正房左右接出耳房，由尊者、长辈居住。正房前，院子两侧各建厢房，其前沿不超越正房山墙。厢房是后辈们的居室，这符合中国"长尊幼卑"的传统。

　　北京四合院给人一种宁静、安详的感觉。小四合院让人感到那种温馨的气氛；大四合院，比如王府，甚至皇宫，就会让人觉得它很宏伟、气派和庄严。北京大部分民居四合院都坐落在胡同里，更营造了那种幽静的氛围。人们居住在这样幽静的

四合院的内部景观 ▶

环境里，修身养性，非常有利于身心健康。

趋利避害的苗族吊脚楼

苗族是中国的少数民族之一，早在2000多年前就定居在洞庭湖及沅江流域，从事渔猎和农业，明代以后又逐步迁徙，进入西南地区。苗族大多居住在高寒山区，山高坡陡，平整、开挖地基极不容易，加上天气阴雨多变，潮湿多雾，砖屋底层湿气很重，不宜起居。因而，苗族历来依山傍水，构筑了一种通风性能好的干爽的木楼，叫吊脚楼。这样的建筑设计就是为避开自然界中不利于健康的因素。

苗族的吊脚楼通常建造在斜坡上，分两层或三层。最上层很矮，只放粮食不住人。楼下堆放杂物或做牲口圈。两层者则不盖顶层，一般以竹编糊泥做墙，以草盖顶。

苗族的吊脚楼把地削成一个厂字形的土台，土台下用长木柱支撑，按土台高度取其一段装上穿枋和横梁，与土台平行。吊脚楼低者七八米，高者十三四米。屋顶除少数用杉木皮盖之外，大多盖青瓦，平顺严密，大方整齐。

吊脚楼一般以四排三间为一幢，有的除了正房外，还搭了一两个偏厦。每排木柱一般九根，即五柱四瓜。每幢木楼，一般分三层，上层储谷；中层住人；下层楼脚围栏成圈，用于堆放杂物或关养牲畜。住人的一层，旁有木梯与楼上层和下层相接。该层设有走廊通道，约一米宽。堂屋是迎客间，两侧各间则隔为两三小间，为卧室或厨房。房间宽敞明亮，门窗左右对称。有的苗家还在侧间设有火炕，冬天就在这里烧火取暖。中堂前有大门，门是两扇，两边各有一窗。中堂的

前檐下，都装有靠背栏杆，称"美人靠"。吊脚楼是苗族先人智慧的结晶，也是他们顺应自然的杰作。吊脚楼对苗家的健康生活起到了重要作用。

吊脚楼 ▶

皖南村落水系设计

人类也好，动物也好，都在注意选择自身的生存环境，目的在于趋利避害，保护自身，造福子孙后代。在这方面，安徽的明代民居建筑独具匠心。他们是怎样做的呢？

600多年前，有一群人从其他地方迁居到皖南丘陵地带。在选择未来居住的地址之前，他们通过占形望势优选了村址，这个过程叫看风水。风水是一种通过占形望势解释地势高低变化与自然环境关系的民俗文化。风水的宗旨是为了在处理人与环境的关系时，求得与自然界万物和谐相处，达到趋吉避凶、安居乐业的目的。而风水学最讲究得水为上，藏风次之。村址要求背山面水，负阴抱阳，以便藏风聚气，刚柔相济。村落选址关系到村落今后发展与利用周边环境的利弊条件，在宗族观念上也关系到本宗族的盛衰。风水学中包含着环境学、气象学、美学等学科的合理内容。

一般来讲，在发挥天然地理优势的同时，结合人工建设与改造，最终能够形成一套比较完善的生活环境，这为人们的生活提供了坚实的环境保障。在中国著名景区黄山的脚下，就分布着很多先人的杰作。

▲ 宏村

首先说宏村的设计。宏村的塘渠水系精巧奇特，一条水圳从村西引水入村，贯穿村舍，甚至穿过几家的厨房，经过本村的中心池塘，流入村南的小湖，最后用这里的湖水灌溉村边的良田。村中的街巷下面设有水道，圳旁塘畔的民居院内有花池，水绕屋，楼傍水，光影交织。其间层楼叠院，古巷幽深，一庭一院无不独具匠心。

再看西递村的设计。它四面环山，村庄的北面和东面各有一条小溪注入本村。村民在小溪两边建造庭院，而小溪的水流在村南汇合，整个村子坐落在两峡中间的平坦地带，村民所建的院子旁边就是小溪。村子西面建立了一片园林，书院、走马楼、牌坊、祠堂均在一条轴线上。村口还有一处小湖，名叫"明经湖"，风光很是秀丽。

这两个村落均已经入选世界文化遗产名录，它们具有典型的皖南古代民居村落特色。皖南古代民居村落经历几百年的风

19

西递村的民宅建筑 ▲

风雨雨，至今依然护佑着居住在那里的人们。那里秀丽的自然风光和古代村落的建筑风格吸引着世人的目光，也吸引着电影艺术家的目光。电影《卧虎藏龙》中有很多场景都是在宏村拍摄的，这为影片增色不少。

竹子文明

竹子是一种非常普通的植物，竹子发达的根系可以很好地保持土壤水分，涵养水源。与其他树种不同，砍掉地面上的部分，竹子的地下茎还会长出新的竹子，所以，竹子是防止土壤沙化和防治水土流失的理想植物。

中国种植竹子有悠久的历史，竹子用于日常生产、生活有5000多年的历史。中国人用竹筷、食竹笋已有2500多年的历史。2200多年前兴建的伟大的水利工程都江堰，就是竹子用于农田水利建设的典范。杩槎是一种古代用来拦截洪水的装置，只用木头、竹、麻，不用金属，结构简单，建造、安装、拆除都很方便，生产效率极高。秦朝李冰主持兴建的都江堰广泛采用此项技术，后世受益2000多年。自从李冰主持兴建都江堰后，都江堰每年都举办"清明放水节"，场面非常壮观。堰工们将拦河的杩槎拉倒后，滔滔的江水从决口处涌出，清澈的江水向川西平原奔腾而去，灌溉万顷良田。

世界上最古老的自来水管便是用竹子制作的，当时被称为"笼"。在汉代，人们已用竹子制成缆绳用于打井。由于竹缆的抗拉强度达每平方寸4000吨，与钢缆的抗拉强度相当，故早在汉代便打出了深度达1680米的盐井，为此人们把竹子誉为"植物中的钢铁"。中国是世界竹文化的发祥地，从殷商时代就跨入了"竹子文明"的时代。英国著名学者李约瑟在深入研究中国科技发展史后也认为，东亚文明就是"竹子文明"。在中华民族源远流长、光辉灿烂的历史文化中，竹子起着重要的作用。

从中国人利用竹子的历史不难看出，中国人在利用自然资源发展自身的同时，又非常注重保护自然环境。"竹子文明"体现了中华民族的发展观，即只有保护好自身的生存环境，才能保护好人类自己；只顾向自然界索取资源，不惜破坏生存环境，必然威胁自身的健康发展。因此，养生首先要保护好环境。

▼ 都江堰全景

饮食起居，综合调理

　　中医历来有"药食同源"的理念，药食同源是中医药学的优势特征之一，它运用"天人合一"的观点来考虑各种因素对人体健康的影响。中医药理论将食物视为治病养生的重要因素。食物不只是营养来源，在一定条件下还用来调整人体的机能，食物具有药性。例如，中医有个方剂叫五汁饮，主治肺胃温病。此方的组成全部都是食物，它们是甘蔗、梨、藕、荸荠、鲜芦根。另外，木瓜雪耳炖鹧鸪也是一个健脾养阴、润肺化痰的良方。中国传统的饮食科学强调，食物在气味搭配得当的情况下食用，才能"补益精气"，对身体健康有利。食物对人体健康的

木瓜雪耳炖鹧鸪 ▶

影响不亚于药物，但是在食用时还要考虑机体的不同状况。前人通过长期的实践，对药物、食物等物质的性质以及它们对人体功能的影响，在宏观层面上有了较为清楚的认识，并能综合运用它们调整人体出现的阴阳失衡。在中医的认识中，多数食物与药物相比，只不过是性质比较平和而已。中医养生的很多内容都与日常生活密切相关，而且为了取得良好的效果，常常需要数种养生方式并用。

寒食节

在现代生活当中，人们喝冷饮、吃凉菜是很常见的，但没有为此形成一个特定的节日。而在中国古代却有一个禁生烟火的寒食节。那么，寒食节为什么禁生烟火？

在距今2600多年前的春秋时期，有位晋文公。在他落难流亡的日子里，身边仍旧有不少忠臣追随他。后来他做了晋国的国君，为报答他的恩人，他给这些人都封了官职。其中只有介子推不肯做官，归隐于位于山西省介休的绵山之中。晋文公请他出山做官，他就是不肯。晋文公派兵逼他出山做官，介子推也不服从，背着老母躲入竹山。晋文公放了一把火，不一会儿，山上的竹子全被烧光了，介子推至死不出，母子被双双烧成焦炭。一代隐士生于竹山，死于竹山。

晋文公望着介子推的尸体哭拜一阵，然后把介子推和他的母亲分别安葬在一棵烧焦的大柳树下。为了纪念介子推，晋文公下令把绵山改为"介山"，在山上建立祠堂；并把放火烧山的这一天定为寒食节，晓谕全国，每年这天禁忌烟火，只吃寒食。

柳树 ▶

第二年，晋文公领着群臣，素服徒步登山祭奠，表示哀悼。行至坟前，只见那棵老柳树死而复活，绿枝千条，随风飘舞。晋文公望着复活的老柳树，像看见了介子推一样。他敬重地走到柳树前，小心地掐了一枝，编了一个圈儿戴在头上。祭扫后，晋文公把复活的老柳树赐名为"清明柳"，又把这天定为清明节。

此后，晋国的百姓得以安居乐业，对有功不居、不图富贵的介子推非常怀念。每逢他死的那天，大家禁止烟火来表示纪念。还用面粉和着枣泥，捏成燕子的模样，用杨柳条串起来，插在门上，召唤他的灵魂，这东西叫"之推燕"（介子推亦作介之推）。此后，寒食、清明成了全国百姓的隆重节日。每逢寒食，人们即不生火做饭，只吃冷食。在北方，老百姓只吃事先做好的冷食如枣饼、麦糕等；在南方，则多为青团和糯米糖藕。每届清明，人们把柳条编成圈儿戴在头上，把柳条枝插在房前屋后，以示怀念。

羊肉的吃法与养生作用

羊肉是中国北方人经常食用的一种美味，在了解它的养生作用之前，我们先看看羊肉的三种传统吃法。

第一种吃法：涮羊肉

中国从什么时候就有涮羊肉了呢？我们从下面一段考古研究中能够得到不少线索。从考古资料看，内蒙昭乌达盟敖汉旗出土的辽早期壁画描述了1100多年前契丹人吃涮羊肉的情景：三个契丹人围坐在一个火锅的旁边，有的正用筷子在锅中涮羊肉，火锅前的方桌上有盛着羊肉的铁桶和盛着配料的盘子。

比辽代壁画时间稍晚一些的南宋人林洪在所著《山家清供》中也提及涮羊肉。他原本是对所吃涮兔肉极为赞美，不仅详细记载兔肉的涮法、调料的种类，还写诗加以形容兔肉片在热汤中的色泽如晚霞一般。林洪也因此将涮兔肉命名为"拨霞供"。还需注意的是，他在讲完涮兔肉后又说"猪、羊皆可"，这便成为涮羊肉的最早文字记载了。按照林洪的记载，当

◀ 今天的涮羊肉配料丰富

涮肉用的火锅 ▶

时是把肉切成薄片后，先用酒、酱、辣椒浸泡，使肉入味，然后才在沸水中烫熟，这同今天的涮法还有些不一样。

再者，从种种文献记载看，古人对羊肉实在是喜爱有加。根据《周礼》记载，人们在进行祭祀活动时，羊是必不可少的重要食品，那时人们把羊煮熟后，要分成肩、臂、正脊、横脊、正肋、肠胃等多个档次，放进不同的祭器中。古人在注释文字的时候把"羊"字引申为"美"字。在这里，你切不可将"美"理解为美丽，因为"美"的本义是"味美"，是说羊可制美味佳肴。汉代的画像时常有一些表现庖厨、宴饮的内容，其中往往有加工羊肉的情景，如山东济南出土的汉画像石中就有一幅很清晰的剥羊图：被宰杀的绵羊头朝下吊在空中，有位厨师左手持刀，正细心地一点一点剥下羊皮。这些有关食用羊肉的材料，佐证了涮羊肉的久远起源。古人写诗、画画赞美涮羊肉，说明这种美味一定给他们带来了美好的享受。

第二种吃法：手扒羊肉

蒙古族人民称肉食为红食，而手扒肉是红食中的一种。顾名思义，"手扒羊肉"就是手抓羊肉，是蒙古族千百年来的传统食品，是牧民们的家常便饭。手扒羊肉的做法是把带骨的羊肉按骨节拆开，放在大锅里不加盐和其他调料，用原汁煮熟。吃时一手抓羊骨，一手拿蒙古刀剔下羊肉，蘸上调好的作料吃。根据牧民的习惯，手扒羊肉一般用作晚餐。

▲ 手扒羊肉

现代有很多内地人到草原观光旅游，如果不吃一顿手扒羊肉就算没完全领略到草原的食俗风味和情趣。牧民如果不用手扒羊肉招待客人，就不能完全表达自己的美好心意。但应注意，如果在牧民家做客，不要自己随意动手选食。主人会视客人的年龄和地位，为客人选择不同部位的羊肉。老年人一般吃羊大腿，肉嫩好嚼；青年人吃羊肋巴骨和脖子肉；小孩啃羊小腿；女宾更受照顾，一般吃肥嫩的羊脯肉。

手扒肉是草原牧民最常用和最喜欢的餐食，也是他们招待客人必不可少的食品。手扒肉是呼伦贝尔草原蒙古、鄂温克、达斡尔、鄂伦春等游牧、狩猎民族千百年来的传统食品。羊、牛、马、骆驼等牧畜及野兽的肉均可烹制手扒肉，但通常所讲的手扒肉多指手扒羊肉。

第三种吃法：羊肉泡馍

公元8世纪中叶，唐朝军队与借来的大食国军队一起平息了"安史之乱"。在唐王朝天子的恩准下，部分大食士兵获准驻兵长安。大食士兵行军打仗时常携带一种面食，行军打仗旷日持久，士兵携带的这种面食常变干变硬而难以下咽，他们就拌以羊肉和羊肉汤食用，相当于泡馍。随着大食士兵和当地人的交往日甚，他们所用面食的制作方法也从军营传播到市井，久而久之就形成了今天西安穆斯林群众的主食之一"饦饦馍"。

羊肉泡馍 ▲

1000 多年来，经过西安坊上人的不断发展和创新，泡馍已在色、香、味、形等各方面有了很大改进和提高，成为一道上至达官显贵、下至黎民百姓都喜爱的绝佳美食。唱秦腔，吃羊肉泡馍，是对陕西风土人情的高度概括。

按照烹调方法，泡馍可分为干泡(无汤)、口汤(食后余一口汤)、水围城(汤较多)和单走儿(吃馍喝汤)四种。餐前先将馍掰成黄豆大小的碎块，交厨师烹煮。食时选定方位，讲究蚕食，切忌搅动，以保持鲜味。其间可加辣子酱以刺激食欲，食香菜以保持口气清新。为避免泡馍中的牛羊肉脂肪腻口，常常佐以糖蒜。餐后饮一碗精制的高汤，更觉浓香溢口，神清气爽。

前面我们了解了羊肉的三种吃法，那么羊肉有什么样的养生作用呢？

在中医看来，羊肉是温热食物，羊肉菜肴在冬季具有良好的保健滋补效果。中国北方地区在秋冬季节非常适宜食用羊肉。但也由于羊肉性温热，常吃容易上火，因此，吃羊肉时要搭配凉性和甘平性的蔬菜，这样能起到清凉、解毒、去火的作用。凉性蔬菜一般有冬瓜、丝瓜、油菜、菠菜、白菜、金针菇、蘑菇、莲藕、茭白、笋、菜心等；而红薯、土豆、香菇等则属甘平性的蔬菜。

吃羊肉时最好搭配豆腐，它不仅能补充多种微量元素，其中的石膏还能起到清热泻火、除烦止渴的作用。羊肉和萝卜搭配，则能充分发挥萝卜性凉，消积滞、化痰热的作用。

做羊肉菜肴时调料的搭配也不可忽视，最好放点不去皮的生姜，因为姜皮辛凉，有散热、止痛的作用，与羊肉同食还可起到去膻味的作用。烹调羊肉时应少用辣椒、胡椒、丁香、小茴香等辛温燥热的调味品；相反倒可放点莲子心，它有清心泻火的作用。

板城烧锅酒名称的来历

在北京东北方的承德地区有一种不同寻常的白酒，因清代乾隆皇帝与才子纪晓岚的对联而得名。一种地方产的白酒如何与皇帝的对联发生关联呢？事情要从乾隆三十八年（公元1773年）说起。当年乾隆偕宠臣纪晓岚出京城微服私访，他们行至承德地区的下板城，看到路边的"庆元亨"酒店，突闻酒香扑鼻，君臣二人遂进店畅饮。酒兴之余，君臣对联取乐，乾隆先声夺人随口出了上联："金木水火土。"在中国古代这五个字分别代表自然界的五种基本物质。纪晓岚才思敏捷，很快对出下联："板城烧

◀ 《天工开物》制酒图

29

锅酒。"这五个字可是很有讲究的，"板"字含有木，"城"字含有土，"烧"字含有火，"锅"字含有金，"酒"字含有水。君臣在一起，一个出上联，一个机敏地对出下联，过得非常愉快，神清气爽，充分享受到饮酒给他们带来的乐趣。于是乾隆乘着酒兴，将"金木水火土；板城烧锅酒"这副对联赐予这家小酒店。由于下联不但点出酒名、地名，且将上联作为偏旁巧妙地嵌入下联，上下联又均体现出"金木水火土"这五种物质，一时成为绝对，板城烧锅酒也由此而名扬四海。

在中国，饮酒孕育出丰富多彩的酒文化，众多文人雅士乘着酒兴作词赋诗，留下不朽名作。饮酒给人带来美的享受，点燃了心中的激情，使紧张的情绪得到放松。当然，饮酒不能贪杯，要"喝好为止"，不要"喝倒为止"。

坛串竹络花雕酒 ▼

浙江绍兴"女儿红"黄酒

提到黄酒，不能不说"女儿红"。翻开浙江绍兴"女儿红"的历史，发现"女儿红"几乎是中国黄酒的代名词，不仅具有悠久的酿造历史，其典故传说也流传很广、深入人心。据古书记载：有一位姓虞的裁缝师傅在妻子怀孕时，酿好几坛酒，藏于地窖，准备在孩子满月时办剃头酒之用。不料，妻子生下的却是女儿，喜爱男孩的虞裁缝非常失望，只得将酿好的酒搁置不用。后来女儿长大后嫁给一位状元郎，女儿出嫁之日，老裁缝想起当年藏在地窖里的酒，便捧出来给宾客享用。这些酒已经放置在窖中十多年，一开坛，满屋异香扑鼻，众人饮用后齐声赞赏，这让老裁缝心花怒放。从此，虞裁缝开始酿起酒来。他如法炮制，并将所酿的酒称为"女儿红"。后来，女儿出嫁用"女儿红"（又称"花雕"）成了绍兴地区的一大习俗。花雕酒喝起来，口味香甜，真是一种享受！

在中国，人们在操办红白喜事的时候，总要摆上酒席烘托气氛，酒在此时就成为调节情绪的催化剂。适量饮酒能够使人身心愉悦，气血通畅。

▼ 乌贼

药食两用的乌贼

乌贼，又叫墨鱼，是生活在大海里的一种普通动物，其肉营养价值却很高，不仅是人们宴会上的佳肴，而且在中医看来，它具有养血滋阴之功效，经常食用能够防止上火，适于阴虚之人。但也有些人群不适于食用它，他们食用墨鱼会出现腹痛、腹泻等不适。

有一天，有位魔术师在街头表演，他当众将一

31

中药乌贼骨 ▲

个瓷碗打碎，请观众上前辨认是否有诈。大家拥上前，拾起地上打碎的白瓷片，看了又看，千真万确，是真的。于是魔术师拾起一块白瓷碎片，送入口中，立即"嘎吱嘎吱"地嚼了起来，并将嚼碎的粉末吞了下去。他的表演看起来实在惊奇吓人，赢得观众阵阵赞扬声。

难道那位魔术师吃的真是碎瓷片吗？其实，魔术师是在表演一种技巧。碗确实是真的，碎瓷片也是真的，但这位魔术师吃下去的却不是真瓷片，而是用偷梁换柱的手法做了手脚，他吃的却是另一种东西——海螵蛸。海螵蛸是什么东西呢？海螵蛸是一味中药，就是墨鱼的白色骨头，它的别名叫乌贼骨，是一味制酸止血的中药，可用于治疗胃酸过多、胃出血、十二指肠溃疡等病，所以魔术师吃了也没有关系，但它却为魔术师的头上增添了神奇的光环。

菊花故事三则

中国人对菊花情有独钟，人们种菊、赏菊、用菊，更爱菊。关于菊花的故事不胜枚举，下面介绍三则。

第一则：菊花与药枕

距今600多年的明朝初年，有一位年富力强的地方官员洪大人从气候湿润的江南水乡奉调进京。他初到京城，自然要多方应酬，经常赴酒宴。此时正值春季，北方多风物燥，洪大人颇感不适，失眠心烦，眼角发红，口舌生疮，咽干口渴。这一天，他请了一位京城名医看病。医生认为他的病情属于素有内热，又感风邪，加之对北方干燥气候不适应,过食酒肉辛辣所致。

洪大人问医生，为什么他在家乡常用的滋补药方在这里不管用？医生告诉他，他家乡的水土、气候和京城有所不同，他原先所用的滋补药方不适用现在的状况。洪大人又向医生请教如何调理。医生嘱其首先忌食辛辣，减少饮酒；再以菊花为主药，配以清心除烦的莲子芯、木通、栀子等，疏风，清热。医生最后补充道：从南方初到北方，需要借助药枕清热明目，养心安神。可找些上好的菊花充入布袋，制成菊花枕头，只是要注意让药枕软硬适度，此法可保你心清目明。洪大人听罢，心中大喜，重谢了医生。

菊花的功效为疏风、清热、明目、解毒，主治头痛、眩晕、目赤、心胸烦热、胃热、疔疮、肿毒等。菊花的用途非常广泛，它又以多种形式用于医疗保健，除了

▼ 杭菊花田

用于煎剂、散剂、丸剂之外，还可用来制作药酒、代茶频饮、填充药枕等。

谈到药枕，中国很早就有制作药枕的传统。药枕讲究因人而异，针对不同人的身体状况填充不同的主料。药枕多针对与精神因素相关的病症，配方中常常含有气味芳香的品种。中国传统的枕头制作用料经济，软硬适度，非常注重人的感受。而要让枕头软硬适度，枕头的填充物及其填充密度就显得非常重要。常见的荞麦皮做枕头芯，透气性能好，可塑性也非常好，弹性适中，枕在上面非常舒适，不易产生颈部疲劳。

第二则：慈禧太后爱菊

100多年前的清朝末年，慈禧太后当政，她的一大癖好就

慈禧太后像 ▶

是非常喜爱菊花。她少年得宠，爬上太后宝座，费尽心机，以至于中年之后，感到精力不济，常常头晕、两眼干涩、视物昏花。粗识药性的慈禧，就择以上等杭菊花代茶频饮来缓解症状。那么，她为什么选用杭菊花呢？原来，中国有几个地方产的菊花品质很好，

其中浙江杭州产的菊花非常出名，所以她首选杭菊花。尝到甜头的她还把菊花作为礼品馈赠各国驻京使节夫人。她爱菊，也爱养菊，多次下令在京城各地广植菊花。1894年，慈禧筹办六十大寿，到北京万寿寺烧香之际，因见紫竹院南岸的浅山黄土裸露，景色肃杀，便下令依山种植各种菊花。因菊花又名九花，所以后来人们便把这山叫做"九华（花）山"。慈禧晚年老眼昏花严重，对菊花更是情有独钟，不仅天天饮菊花茶，还命人在颐和园里种了大量菊花，品种多达233个，可谓盛极一时。

第三则：太行仙姑献菊助唐王

相传隋末唐初，唐王李世民率军南征驻守洛阳的隋朝将领王世充，怎奈途中遭遇恶劣天气，全军将士十有八九中风眩晕、喉头肿痛、精神不振，难以作战。李世民一阵仰天长叹道："苍天啊，您既然显灵，何不降下灵丹妙药，治我将士之病，也好让大军驰骋过河，攻下敌军防线，直捣敌人老巢！"唐王话音刚落，只见从山腰走来一高一低两位身着道服的尼姑。两位尼姑眉清目秀，手拷竹篮，竹篮内装满菊花，声称要为大军献药。李世民见之，接过两篮菊花，笑道："二位道姑莫非前来献药？自古菊为观赏之

◀ 唐太宗李世民像

物，花开鲜艳，芬芳四溢，沁人肺腑，何能为药？二位道姑莫不是在取笑世民吧？"两位尼姑听后，嫣然一笑道："将军，自古菊有多种，诸如贡菊、川菊等。此菊为怀菊，它生长在山涧，开在中秋，其花既可观赏又可入药，主治伤风感冒、高烧不退、喉头肿胀，将军不妨一试。"李世民听后，半信半疑道："多谢二位道姑一片苦心，只是我大军十万，战马无数，人马生死与共，病者十之八九，仅此两篮菊花岂不愁杀人也！事到如今，不如将它扔掉为好。"李世民说完，随手将两篮内的菊花抛向空中。瞬间，只见菊花在空中一阵乱舞，一变十，十变百，百变千……然后纷纷落地。李世民等看到地上已长满片片菊花，或黄或白，棵棵茁壮，朵朵清香而甘甜。众人一阵惊喜，一时不知如何是好。再寻两位道姑，已是无影无踪。李世民当即令兵将就地采菊，或食或冲水饮之，一日三次，日日不停。大约四五天后，只见十万兵马，日益强壮，疾病全无，很快恢复了元气，随后择机渡过黄河。

贵妃出浴华清池

华清池是中国有文字记载最早开发利用的温泉，恐怕也是人们最耳熟能详的温泉，素有"天下第一温泉"之称。早在2500多年前的西周时代，这里的温泉便已被发现，周幽王曾在此建"骊宫"；至秦始皇以石砌池，名"骊山汤"、"神女汤"。"汤"在中国古代指热水。后经汉、隋、唐历朝帝王修扩，至唐玄宗时，宫室扩建并纳汤池于其中，宫室改名"华清宫"，汤池从此也改叫"华清池"。

华清池因为唐玄宗的爱妃杨玉环在此一濯芳泽，以及他

们之间缠绵悱恻的爱情故事而蜚声天下。华清池现存的唐代
汤池中有一个海棠池，池内平面呈盛开的海棠花状，这便是
当年唐明皇作为爱情的礼物赐给杨贵妃的，也称贵妃池。杨
贵妃有羞花闭月之貌，她的美因温泉水的滋养愈发妩媚迷人。
当时著名的诗人白居易在其《长恨歌》中记录了杨贵妃在海
棠池出浴后的娇态，为世人留下了一幅美丽的贵妃出浴图。
据说，杨贵妃能长期集"三千宠爱在一身"，唐玄宗六七十岁
仍能风流倜傥，与长期泡汤沐浴不无关系。

铁棍山药的来历

在河南温县的西部有个习俗，就是闺女坐月子时，娘家一定要送些山药，特别对那些身体虚弱的产妇，有极大滋补作用。人们经常会熬山药小米粥，给产妇滋补。

在古时候，温县当地有个大户人家的闺女坐月子，主人特地让厨房蒸了一盘山药。端上饭桌时，人们看到那山药，长不过一尺，粗不过手指，也不觉有何稀罕之处。主人拿过一根山药，蘸了些白糖，便津津有味地吃了起来。座上有人也吃起山药来。粗看山药并不起眼，谁知吃到口里，竟然这么香甜，格外绵软。有人便问："这山药这么好吃，它是怎么来的？"主人说："要说起山药的来历，话可就长了。据说，还是神农氏在温县为人治病时发现的。有年春天，温县一带普遍流行瘟疫。很多人染病，被病魔折磨得面黄肌瘦，体弱无力，整日卧床不起，还有的丧失了性命。当时神农为寻草药，替人治病，来到温县。他得知这一情况后，心急如焚，于是就爬坡越沟，每日在野外奔波。他多次品尝，多方试验，终于发现了山药和其他药草可治此病。于是他将山药和其他药熬煎成汁，送给病人服用。病人喝了之后，身爽目清，病情大减，后来相继恢复了健康。神农又多方查找原

铁棍山药 ▶

因，他发现流行病的发生和这里的水土有关。于是抓起一把土，用舌头舔了舔，果然又苦又涩。他想：这里常年潮湿，一片盐碱，如果不予改造，病疫仍会发生，不如在这里开道深沟，引走地下瘴气。于是他就用拐杖划了一下地面，'轰隆'一声巨响，地面上出现了一道数里长、两丈多深、五丈多宽的深涧。只见一股黑气从涧底升空而去，涧底流水潺潺。人们见了，无不称奇。这条沟后被称为神农涧，这神农涧就在温县县城的西南方。后来，有人感慨山药的神奇，就将这种山药称为'铁棍山药'，因为一来它外形像铁棍；二来它使人强健，坚如铁棍。"

形神兼顾，节放有序

中华养生不但注重形体的修炼，而且注重心神的调养，两者相互联系，密不可分。中医力求达到"恬淡虚无，精神内守"的理想境界，中国的道家养生尤其推崇这种境界。

从求仙拜佛到自我养生

在黄土高原上的一个小村庄，住着一位穷秀才。他自幼体弱多病，后来有人给他出主意，让他到庙里去拜佛求仙，可保身体健康长寿。于是他满怀希望地赶到百里之外的一座著名庙宇，只见来这里求仙拜佛的人络绎不绝。他随着人流进入大庙的山门，首先映入眼帘的是院中几棵枝繁叶茂的树木，一问庙里的人才知道这些是枸杞树；树旁有一眼水井，走近一看，井

二祖调心图 ▲

水清澈如同山泉。过了一会儿，一位年长的和尚在助手的陪同下健步来到井边，但见他生得鹤发童颜，声若洪钟。人群中有人问他高寿，他非常自豪地回答：贫僧去年刚过米寿。有人不知何谓米寿，他的助手回答说：所谓米寿，即八十八岁，因为"米"字可以分解，上面为一个倒写的"八"，下面一个正写的"八"，中间是一个"十"，三个部分相加为八十八，故称八十八岁。有人又向和尚请教长寿的原因。和尚慢慢说出了一番意味深长的话：贫僧在此修行多年，专心不二，别无他念。不近女色，饮食有度，起居有时。山中清泉，寺中鲜果，更助出家之人安康。

秀才一听从中悟出道理，要想健康长寿，就要像那位长者一样，遵循养生之道。于是这位秀才也按和尚的教诲，在自家水井旁边种下几棵枸杞树，养生修行，最终得享天年。他的后人也受益匪浅。

杯弓蛇影添心病

在日常生活中，确实有些人非常害怕蛇这种动物，他们一见到蛇就会产生恐惧心理，进而产生一系列反应。中国古代有个寓言，叫做"杯弓蛇影"，讲的就是这种现象。古代有个县令请客人喝酒，喝着喝着，客人突然发现酒杯里有条蛇，就怀疑自己中了蛇毒。回家之后，他害怕得要死，吃不下饭，睡不着觉，身体慢慢虚弱起来。难道这位客人的酒杯里真的会出现蛇吗？

后来，县令又请他在同一房间里喝酒，酒杯里又出现一条蛇，他被吓得脸色苍白，指着酒杯让县令观看。县令看罢笑着向他解释，这不是什么蛇，这是墙上挂的弓在酒杯里形成的影子。这位客人听罢，顿时感到轻松多了，回家之后，既能吃又能睡，身体慢慢又恢复了。俗话说：心病还需心药医。对待这种疾病，用药物是不行的，必须设法解除引起疾病的心理因素，才能取得疗效。

◀ 杯弓蛇影

善于制怒方能理智行事

清代有一位禁烟的著名官员叫林则徐。他临危受命，为了克制自己的急躁情绪，就在书房里挂了一条横幅，上面写着两个遒劲的大字——制怒。影片《林则徐》中有这样一个镜头：钦

差大臣林则徐审问洋商时获悉，海关官员和洋人内外勾结，破坏禁烟。林则徐听后怒不可遏，把茶碗摔碎。这时他一抬头，"制怒"二字跃入眼帘。他立即持重起来，不动声色地控制好自己的情绪。第二天，他若无其事，依然热情地接待那位海关官员，经过巧妙周旋，终于让那位官员乖乖地交出了修建炮台的银两。从林则徐制怒的故事里我们可以得到一个启示：控制好自身的情绪，能够作出理智的决策，同时也有利于身心健康；盛怒之下，往往会损伤自身，做出不理智的举动。

比林则徐早100多年的清朝皇帝康熙也很善于自制。不论是在朝廷还是在宫内，遇到令人愤怒之事，他不像一般人那样在盛怒之下处理事情，而是在几周甚至几个月后才作处理。在生活上，康熙不追求特殊的美味、奢侈豪华的居室和衣着，满足于普通的食物，说明他的养性达到了很高的水平。至高无上的皇帝能制怒、不贪，善于自制，是难能可贵的，这也是他养生保健的重要秘诀。

得胜的将军却笑死在马上

人逢喜事精神爽，快乐的情绪有益于健康，这是人所共知的事实。但高兴过头，狂笑不止，就会乐极生悲，酿成疾患。中医学提出的七情内伤论中就有大喜伤心一说。有人可能要问，谁能笑死呢？

中国有部古典小说叫《说岳全传》，书中也描述了一段令人惊讶的精彩故事。著名的宋朝将领牛皋与入侵中原的金朝将领金兀术作战多年。若论军事才干和武艺，牛皋均在金兀术之下，金兀术在以往的交战中，屡屡战胜牛皋。然而，牛皋却在费了很多周折之后将金兀术擒获。这个结果实在出乎牛皋的意料，他万万没有想到自己能够擒获金兀术。如今

◀ 牛皋像

这个事实突然出现在他的面前，他在缺乏足够心理准备的情况下，无法控制自己的兴奋，大笑不止，最后居然猝死在马背上，令人叹惜不已！在现实生活中，还有因逢喜事狂笑不止造成瘫痪的情况。这些事例雄辩地证明了忧喜更相接、乐极可生悲的道理。鉴于过喜带来的不良影响，精神保健医生经常劝诫人们在遇到大喜的事情时，不可笑得过度，要有意识地控制情绪，否则极易产生乐极生悲的后果。

防重于治，提倡早治

在中国漫长的封建社会里，中医大概可以分为两个阶层，一个是为少数贵族服务的太医和医官，另一个是为老百姓服务的民间医生和走方郎中。

太医们的责任是很大的，他们害怕贵族有病，因为只要在治疗中出现医源性疾病，那么太医就要被革职、打板子、流放、杀头。因此太医强调预防为主，并且在治疗中，尽量多地使用平和有效的药物，或者大量运用食疗，尽量少用药物，当然更不能使用有毒的药物。

老百姓的医疗保障条件很差，没有专人去指导他们预防疾病，因此他们大多不懂得养生之道，有病之后只能接受民间医生的治疗。而民间医生往往使用速效的方法，去迎合老百姓希望迅速痊愈的焦急心理。由于有些民间医生所用的药物是有毒的，因此平民患者时有药物中毒发生。

齐桓公讳疾忌医

中国历史上有一部著名的大型史书《史记》，书中记载了一位古代名医为一位国王诊病的经过。这位名医叫扁鹊，游历到了齐国都城临淄，被齐桓公召见。扁鹊一见他便说：大王已经有病，在皮肤中，不治将加重。齐桓公不信，背后跟人讲，医生喜欢把没病的人说成有病，以显示其医术高超。第二次召见，扁鹊说，大王病已入血脉。齐桓公不信。第三次召见，扁鹊说，大王病已入脾胃。齐桓公仍旧不信。第四次见齐桓公，扁鹊转身就跑了，齐桓公不知何故。过了几日，齐桓公病重，派人去请扁鹊，扁鹊已不知去向。扁鹊对人说，我第四次见大王时，大王已病入膏肓，我已无法医治，到时大王迁怒怪罪于我，肯定杀我，我只好跑掉了。

▲ 扁鹊像（清）

消食解腻的休宁松萝茶

中国唐代是一个强盛的封建王朝，强盛的王朝孕育出灿烂的文化。现在的安徽省一带当时叫徽州，那里有位商人姓宋，人送外号宋大头。他特别能吃猪头肉，食量惊人，是一般人的数倍。他住在江北，经常过江与江南的商人做生意。有一天，他过江做生意，他的助手为他打前站，先期过江安排食宿。他的助手遇到江南的同行，闲聊之中谈到自己的东家特别能吃猪头肉，一个人的食量能顶好几个人。听到此事，有些人不服气，有些则非常好奇。不服气的牛先生要打赌。宋大头的助手心中有数，劝说牛先生不要设赌，可是牛先生就是不服。牛先生说宋大头如果真能当众一顿吃下五人份的猪头肉，他当即送给宋大头的助手五头肥猪；否

松萝茶 ▶

则，宋大头的助手送给牛先生五头肥猪。众人之中有一位医生，百思不得其解，因为按照常理，经常过食油腻，必然发病，非吐即泻。医生很想看个究竟。

过了两天，宋大头来到江南，众人一见，宋大头生得脑袋大、脖子粗、身材魁梧。他并不知道打赌之事。在酒席之上，果然当众一顿吃下五人份的猪头肉，食后，并未见异常。除了他的助手之外，其他在场的人都看呆了，众人连连称奇。酒席终了，宋大头急于与生意伙伴洽谈，要先走一步。他的助手提醒他：别忘了喝茶。宋大头随口答道：这是我多年的习惯了，还能忘得了！说完便向众人告辞。牛先生则如约送给宋大头的助手五头肥猪。那位医生则问宋大头的助手，你的东家吃下如此多的猪头肉，必有解药，否则他会生病。宋大头的助手点头称是，他说：我家主人有个习惯，每餐之后，必须喝下数杯浓浓的松萝茶，以解油腻。众人这才明白了其中的道理。

松萝茶产于安徽休宁城北的松萝山，此山高800多米，茶园多分布在该山600米至700米之间的地段。此间气候温和，雨量充沛，常年云雾缭绕，土壤肥沃，土层深厚。所长茶树称松萝种，树势较大，叶片肥厚，芽叶壮实，浓绿柔嫩，茸毛显露，是加工松萝茶的上好原料。松萝茶区别于其他名茶的显著特点是三重：色重、香重、味重。松萝茶本属绿茶，解酒、消食、祛油腻之力颇强。

饭后吃槟榔防食积

有一个吃槟榔消食的故事。南朝有个叫刘穆之的人，年幼时家境贫寒，但他却好喝酒，经常到妻兄家要酒喝，妻子劝说他也不听。一天妻兄家办喜事，他赴宴大吃大喝，酒足饭饱，只觉腹中胀满不适，便摇晃着身子向妻兄要槟榔消食。妻兄讽刺他说："你常常饥饿，又吃不饱，今天偶然饱餐一顿，不需要这种消食的东西，你别瞎讲究了！"刘穆之听了心里非常难受，认为妻兄看不起他。后来刘穆之中了进士，当了县官，便设宴招待妻兄。等到妻兄欢饮将醉之时，他叫仆人用金盘盛满槟榔捧到桌前。妻兄见状，顿觉羞惭，悔不该当初那样对待刘穆之。刘穆之却笑着说："这是小事一件，让它过去吧！"

在中国，"宾"与"郎"都是对贵客的称呼。交往之中，凡招待贵客，一定要先呈槟榔果，就是利用"宾"和"郎"的谐音，此举之意一则表示敬意，二则食用之后可防食积。事实上，槟榔作为中药，具有消

▸ 槟榔

食、导滞、驱虫之功效。中国南方有不少地区盛产槟榔，当地居民有嚼槟榔的习惯，他们认为这种习惯具有助消化、促排汗的作用。

强调适度，勿走极端

适度原则源于中国古代的哲学思想，强调做任何事都要掌握适当的尺度，不能不足，也不能过分，否则就不能达到做事的理想境界。中国的成语"恰到好处"、"适可而止"、"点到为止"说的就是这个原则。适度原则是一条哲学法则，它适用于很多领域。

中医养生坚持适度原则

中医历来反对"以酒为浆，以妄为常"的不良生活方式，任何影响健康的因素太过与不及均能导致人体阴阳失衡，从而表现为各种疾病。因此，中医在治疗疾病时，强调用药的尺度是中病即止。人体患病总的机制就是阴阳失衡，给患者用药是帮助人体恢复阴阳平衡的一种常用手段。比如：中医大夫给阳虚的病人开具有温补作用的补阳药，补得适当，患者借助药力正好恢复阴阳平衡，病即告愈，此时就应当停药。如果继续用温补药，即为过分，则极易伤阴，又会引发新的病症，所以强调用药应当中病即止。

中医学中的适度原则在医学领域具有广泛适用性，比如：

此中醫道之圖也京中醫士有太醫御醫之分是在太醫院應差者如有人請看馬錢貳串四百文四吊八百文不等如未到門省看病者給錢數百作為問脈

◀ 医道图

婴儿加辅食的最佳时机是出生四个月至五个月的时候，太早则易消化不良，太晚则会营养不良；外科对伤口缝合的针距要适中，太稀则创面接触太小不利于愈合，太密则影响循环也不利于愈合；常用膏药的黏度应当适中，太大则会拔掉毛发引起不适，太小则易脱落。

沈括论证物极必反

在距今1000多年的宋朝，有一位杰出的政治家、科学家叫沈括，他指出治病必须多方面配合，要对具体病情具体分析，不能机械刻板。他在《良方》自序中还非常精辟地论述了"物极必反"的道理。他记录了数对同类物质累加，其属性却向相反方向转化的例子：

人要想吃酸味的食物，没有比醋更酸的了。如果觉得醋还不够酸，再加上橙汁，把两种酸味食物和在一起，应该会更酸；

然而，这两种酸味食物放在一起反而变为甜味了。巴豆的泻下作用非常峻烈，如果觉得它的泻下作用还不够峻烈，再加上中药大黄，应该会更能泻下；然而，这两种泻下药物放在一起反而泻下作用明显减弱。螃蟹与柿子都是美味，平常分别食用对人没有什么害处；但这两种食物一起食用，人会很快发生恶心、呕吐，产生腹部不适。沈括的深刻观察，为后人留下耐人寻味的启示。

◀ 沈括像

过食螃蟹引发腹泻

故事发生在距今1400多年前的盛唐时代，有一年的九月九重阳节，一位姓吴的名医带着两位徒弟采药回来，途中住进一家依山傍水的酒店。傍晚时分，酒店中十分热闹，师徒三人正在饮酒。邻桌有一群富家子弟喧哗得厉害，吴医生忙问酒店老板他们在干什么，老板回答说他们正在比赛吃螃蟹，看谁吃得多，获胜者明日可优先射鹿。这伙年轻人越比越疯狂，没过多久，蟹壳就在桌上堆成了一座小山。吴医生深知医理食性，明白他们狂吃螃蟹的危害，便离席上前好言相劝道："诸位年轻人且听医生之言，螃蟹性寒，不可多食，否则寒邪损伤脾胃，悔之晚矣！"这伙少年听罢，很不高兴，有人高叫道："我们花钱取乐，哪能听你的管教！"吴医生则耐心地说："螃蟹吃多了会闹肚子，那时可有性命之忧！"几个少年已经很不耐烦，同声呵斥道："去喝你的酒，我们吃死也与你无关。"说完继续大吃大喝。见此情景，店老板喜笑颜开，他向吴医生说道："你不用管他们，这些孩子难得开心，就随他们去吧！"吴医生又对店老板说："他们今夜在你处留宿，夜间有人发病，看你如何处置！"店老板不以为然，不耐烦地说："你少管闲事，别搅了我的生意！"吴医生叹了口气，只好对两个徒弟交代："你二人吃完饭后，速上后山采得紫苏，以备急用。"

到了半夜，那伙少年果然大喊肚子疼，有的疼得直冒汗，有的疼得在地上打滚，酒店老板也吓呆了。慌乱之中，忽然想起吴医生，于是急忙叫醒吴医生和两个徒弟。吴医生安慰他们说：

◀ 紫苏

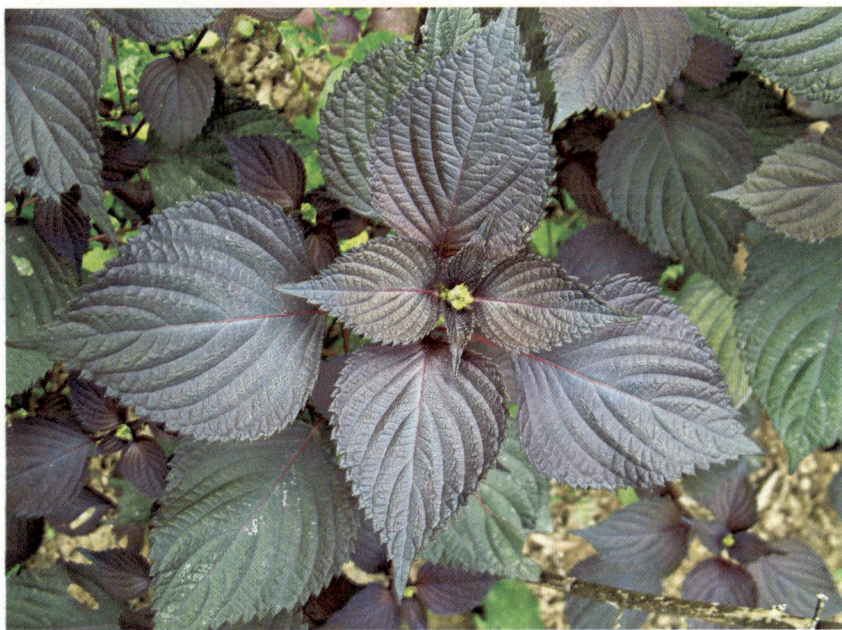

51

"我已备好草药，让我的两个徒弟速去煎煮，可救众少年。"有位少年羞惭地说："先生，请您别计较，快救救我们的命吧！"草药很快就煎好了，少年们喝了汤药，很快肚子就不疼了，感到舒服多了。店老板不解地问吴医生所用何药，吴医生说："此药名为紫苏，辛温发散，可解螃蟹之寒凉。"众人折服。

姊妹文化，相互交融

中国有五十六个民族，其中汉族人口最多，汉族的养生文化体现在庞大的中医药学体系中；而中医药学的姊妹学科——其他民族医药学同样蕴涵着丰富多彩的养生文化。这些养生文化涉及藏、蒙、维、傣、壮、瑶、回、苗、彝、朝鲜等民族。其中，藏族的医学挂图，回族的八宝茶、油茶、男孩割礼，哈萨克族的美食吉尼提、熏肉，瑶族的庞桶药浴，等等，均从不同侧面反映出各民族的养生理念。非常值得一提的是，中国有三个著名的长寿之乡—— 新疆和田维吾尔族长寿之乡、广西巴马瑶族长寿之乡、湖南怀化苗族长寿之乡，都在少数民族地区，这给后人留下了很多启迪。

藏医季节养生

藏医学的学术内涵深深植根于藏文化。由于藏族人生活在青藏高原，那里独特的高原地理孕育了神奇的藏药资源。藏族人普遍信仰宗教，也影响着藏医对生命现象的认知方式与理念。藏医学身处华夏、印度、阿拉伯三大文明区域的包围之中，在中世纪完成了对周边地域古代医学的融合，从而形成了多源合流、博大精深的医学体系。公元8世纪，藏医学最重要的一部奠基之作《四部医典》完成，此书为藏医学开创了完整的体系，成为后

▲ 藏医诊治图（清）

世藏医学发展的基础与规范。公元17世纪，西藏摄政王第司·桑吉嘉措制作了著名的系列医学挂图，形式类似现代的卷轴画。这套挂图把藏族绘画艺术与藏医学完美地结合起来，通俗易懂，直观生动，通过独具匠心的形象诠释了《四部医典》的丰富内涵。

藏医养生学认为：自然界春夏秋冬的变化和寒暑燥湿的气候直接影响人的生理发育和健康；自然界是万物生命的源泉，人的机体的生理、病理、生长、发育、衰老都与自然界的四季变化休戚相关。藏医将一年分春季、热季、夏季、秋季、冬季、严冬六季。藏医认为，人体是由气(隆)、胆汁(赤巴)、黏液(培根)

藏医食行药察图（清） ▶

以某种特定的联系组成的。这三种体液以某种形式发生改变，人就会生病。

《四部医典》中的"时令之行"一节讲到，"初冬严寒使得毛孔闭，少食必将导致体质减"。饮食"是故当进辣涩苦三味，芝麻油擦肉汤油食添"。平时起居应注意"常着皮衣皮鞋避风寒，取暖烤火日晒亦酌量"。冬季人体处于缓慢状态，体内阳气收敛、阴精潜藏于体内时，养生要注意"收"和"藏"，做到精神安定、早睡早起，以利阳气潜藏、阴精积蓄，为春来生机勃发做好准备。藏医养生学还注意冬天进补，认为冬天进补有营养的食品，具有补助阳气、防御严寒的作用。

春季人体肌肉表层逐渐舒展疏松，阴退阳藏，寒去热来，是百病丛生的季节。《四部医典》的"时令之行"一节中指出："冬季易将培根积体内，春季日光渐暖体热衰。"在起居、饮食和精神上做到"陈年青稞旱地肉蜂蜜，开水姜汤饮而粗食餐"；要"勤

54

竞行走搓身祛培根，常坐芳香园林阴凉中"。指出春季养生要注意防寒、保暖，抵御各种传染病对肌体的侵袭。多食姜、蒜、葱、辣椒等辛温发散的食品。心情要舒畅，少在室内闷坐，多到室外空气清新的环境中活动。春季消化之火逐渐变弱，培根类病易发生，人们应食用陈青稞、干肉、蜂蜜和姜汤，多喝开水，要常擦身，多在树荫下歇息。热季大约在4月份至5月份，要食用牛肉、蜂蜜、大麦，注意遮阳，常洗冷水澡；要喝淡酒，穿薄衣，住阴凉房屋，在树下乘凉。

夏季气候炎热，人体的生理机能是外趋，也就是说阴虚阳盛，相对内脏机能下降，许多人饮食不振。现代研究表明，大量出汗可引起体内电解质平衡失调，导致钠离子大量流失，会使人体四肢肌肉发生抽搐和痉挛，严重的还会出现血压降低、脉搏细弱、昏迷等症状。因此，夏季养生

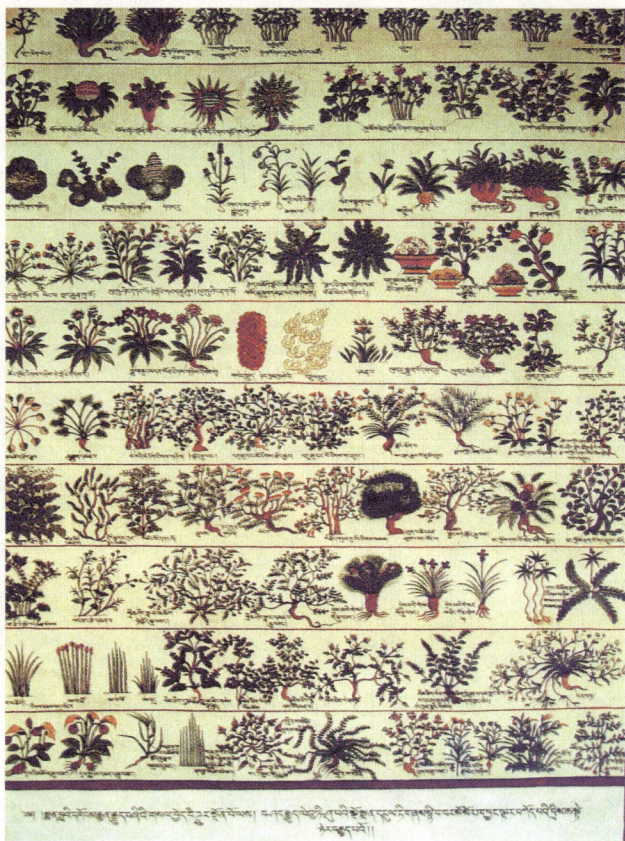

◀ 藏医植物药图(清)

十分重要。《四部医典》中明确指出"季夏骄阳之光渐炎热，只为耗力宜进甜凉食，忌食咸辣酸物忌曝光，凉水浴身酒水掺而尝，身着薄衣宜住清香房"的夏季养生法。夏季，人亦易患培根病，人们宜食用羊肉、清奶和易消化的食物，不要在阳光下久待，房事不可过度，否则会影响健康。

秋季养生法在《四部医典》中讲到"雨期体内赤巴秋天发"；除了室内保持湿润外，在饮食上"秋季可进甜苦涩三味"。秋季，赤巴类病易发生，为预防此病，要食用甘、苦、涩的食物，要穿用樟脑或檀香熏过的衣服。冬季人们应多穿衣物保暖，在身上涂油，吃有营养的食物，多喝肉汤，使身体温暖。

藏医养生学提出"天人相应"的调解饮食方法。《四部医典》"时令之行"一节总结出："总之饮食冬夏热食餐，春进粗食季夏秋宜凉。冬夏宜食辣涩苦三味，春食酸咸甜食初夏甜。秋季可进甜苦涩三味。"提出人的饮食必须随着四季的变化而进行有规律的调剂，才有利于健康长寿。

苗乡侗寨酒文化

古人云："酒为诸药之长。"其意为酒可以使药力外达于表而上至于巅，使理气活血的作用得到较好的发挥，也能使滋补药物补而不滞。苗家人酿酒历史悠久，酒中配制了从苗岭深山中采来的草药，养生功效更是相得益彰。要酿出美酒，优良的酒曲必不可少。苗族人认为，酒曲是有生命的，必须雄雌兼备才能繁衍后代。制曲饼时要捏一个圆形的表示雌性，一个比大拇指略粗长的表示雄性，其他的以二者为中心。每个曲饼的一面用拇、食、中三指尖分别压出一个小窝，象征狗爪印，以驱鬼

▶ 拦路酒

避邪。

从制曲、发酵、蒸馏、勾兑到窖藏，苗家人酿酒有一套完整的工艺。原料为五谷杂粮，越杂越好，越杂越香，越杂味越长久。不经蒸馏，把酒药拌入蒸熟的杂粮，密封土瓶里，用肥肉在瓶的周围糊上一层，放进深过人高的地里，埋藏三年。

苗家人常说："会喝水就会喝酒，会说话就会唱歌，会走路就会跳舞。"苗家人热情好客，每逢佳节主人迎客，在寨门前或家门口设置拦路酒，少则三五道，多则十二道。除此之外，还有进门酒、敬客酒、交杯酒、送客酒等等，形成了制酒、饮酒、唱酒歌等内容丰富的酒文化。

苗王神酒是历代苗家、侗家贡奉朝廷的极品。此酒在清朝乾隆年间最为流行。当年乾隆皇帝三下江南时途经大苗山——苗乡侗寨，由于旅途疲劳，龙体欠安，得饮此酒，身体感觉舒适，龙颜大悦，便赐此酒为御酒。苗乡侗寨年年进贡此酒，乾隆以此酒养生保健，常乐永康，成为长寿皇帝。

哈萨克族养生防病

哈萨克族是世界著名的游牧民族之一，饮食以肉、乳及其制品为主，并加面食、小米等。他们有一种特色食物叫吉尼提，以奶豆腐、炒面、小米粉等七种食物混合而成，是一种搭配合理、营养价值极高的食品。哈萨克族信奉伊斯兰教，根据伊斯兰教的习俗，每天冲洗七窍、二阴，在饭前便后用壶浇水洗手，而不是用盆中的水洗手，这不仅仅是习俗，也是积极防病的手段。哈萨克族祖先在500多年前就找到预防天花的疫苗——牛痘，比英国医学家叶德瓦尔特·金尼尔1796年初次发现牛痘疫苗早350多年。哈萨克族的医药志中明确规定，三代近亲不能结婚，七代以外

哈萨克族长寿老人 ▶

58

方可结婚，这是很好的优生制度。还有一项特殊规定，动物各部位的淋巴结均不能食用，要求人们在宰杀动物时一定要剔除淋巴结，这些传统至今仍为哈萨克人遵守。另一个习俗是当某种传染病流行时，动员人们上山采集野蒜取汁外用，撒在室内，并用蒜瓣串成项链，挂在脖子上，预防传染病。

回族养生习俗

回族常用的饮茶品种有八宝茶，其中除茶叶外，还有枸杞子、红枣、桂圆、核桃仁、果干、橘皮、冰糖、芝麻，长期饮用此茶具有健脾益肾、提神明目、益气养血之功效。另外，回族还常常喜欢将羊肉切碎，加油炒熟，再加面粉炒至微黄，加入葱花、盐，拌匀，制成油茶，既可饮用，又可食用，具有温中之功效。回族男孩在 12 岁时要行割礼，即切除阴茎的包皮，届时要请阿訇。割礼可以有效预防多种因包皮引起的外阴疾病，还有助于婚后某些因包皮而传染给女方的疾病。回族主张人死后简葬、速葬，以减轻亲属经济负担，避免因过度的悲伤引发的情志性疾患；同时减少与尸体的接触机会，避免尸体污染居住环境，防止相

◀ 八宝茶

关疾病传播。

瑶族养生药浴

瑶族居住在中国南方山区，林中有茂密的植物，瑶族人民世代生活在这样的环境里，就地取材，学会利用这些天然的物质治疗疾病。瑶族不但本民族使用药材，还与外界进行交易，每年的端午节形成药市，药材交易十分繁荣。灵香草是瑶族的一宝，这种产自山区的植物气味不是很香，曝晒之下也不会产生香气，只有用烟火熏它再阴干后才会香气四溢。瑶族人用它做香料、驱虫，还用它治疗感冒、腹泻、头痛等病，并可用来避孕绝育。

瑶族人十分重视洗澡，无论严冬酷暑，每人每晚都必须入桶内浸泡洗身，既洗涤刀耕火种时沾染的炭灰泥迹，又通

瑶族药浴 ▶

过温水浸泡解乏，使血脉流通，便于入睡。在冬天，浸泡后更能在山风中抗御寒冷。瑶医利用生产、生活中的自然资源，采集药物，经煎煮后用药液浸泡擦身，防治疾病，强身健体。瑶族用药水洗身，不分男女老幼，全家皆洗，一家人轮流洗，水脏了就换，冷了再加热。这其中的规矩是：先客后主，先小后大，先老后少。现在一些在平地居住的瑶民，也逐渐采用了换药水的方式进行药浴。妇女生孩子，满三朝均洗药水澡。婴儿洗后健康免疫；产妇可以祛风去癫，补身强体，产后一星期就可以劳动。用艾叶煎液给初生婴儿沐浴，可免患皮肤病，在年终除夕之夜须用葫芦卷给小儿洗澡，据说可免出麻疹。瑶族人民过端午节，家家户户都采用鲜药草洗澡，对于春季流行病起了很好的防治作用。在瑶族广泛流传一句民谣：若要长生不老，天天洗个药水澡。这就是洗药水澡能成为瑶族的习俗，且历数百年而不衰、沿袭至今的原因。

◀ 锅里煮的是山上采的草药

汇集百家，古今一贯

中国汉族人的养生理论古今一贯，养生观念集百家之长，儒、道、佛、医相安相融。在中国古代，儒、释、道三教鼎立，对于修身养性，三家各有不同的看法。儒家的教义是入世的，主张修身齐家治国平天下，养生方面以振作精神为宗旨，这种思想具有积极的因素；释家的教义是出世的，主张一尘不染，四大皆空，自度度人，普度众生；道家则重在加强自身修炼，以求长生不老。正因为这一长生久视之道异于儒、释两家的着眼点，决定了道家在中国传统的养生长生术中，占首要地位。医家则是博取诸家之长，通过防治疾病的实践，把养生学纳入了中医学的轨道，从而使养生学逐步形成了以中医

◀ 三教图

62

理论为指导的中国汉族传统养生学。所以医家在养生学方面的地位也很重要。在中华养生的诸多流派中，儒、道、佛、医占有较为突出的位置，那么，这四个主要流派的代表人物的主张与做法都有哪些呢？

儒家孔子养生术

孔子非常注意心理上的健康，他主张人们应按不同时期的体质特点来养生，即年龄不同，生理、心理特点不一样，养生方法就应有所区别：青少年时，由于机体发育尚不成熟，注意不要早婚，性生活不要太频；壮年时，身体强健达到顶点，力量充沛，脾气也大，要少与人争斗，以免伤及自身；到了老年，体质已经虚弱，就要把名利看得淡一些，不要再苦心追求什么了。

孔子是这么说的，也是这么做的。他特别欣赏那种清心寡欲的精神状态，最反对患得患失、怨天尤人的精神状态，提倡心胸坦荡、刚毅坚强。他认为有三种事最有害于健康：骄傲自大、

◀ 孔子像

孔子学鼓琴师襄子，十日不进。襄子曰：可以益矣。孔子曰：丘已习其曲矣，未得其数也。有间，曰：可以益矣。曰：丘已得其数矣，未得其志也。有间，曰：可以益矣。曰：丘已得其志矣，未得其为人也。有间，有所穆然深思焉，有所怡然高望而远志焉。曰：丘得其为人，黯然而黑，几然而长，眼如望羊，如王四国，非文王其谁能为此也！师襄子辟席再拜，曰：师盖云文王操也。

声入心通，以探乃微，大哉圣神。

孔子学琴 ▲

游荡忘返、饮食荒淫；并提出三种有益于健康之事：调节行动，导人以善，交好朋友。

孔子善于用音乐来调节情绪，抒发感情。他本人对音乐有很深的研究，亲自编订了《乐经》，可惜已失传。他还经常和当时的音乐大师们探讨乐理。在齐国听到音乐《韶》，竟三月不知肉味，借助音乐陶冶情操。在绝粮于陈地之际，他还是弦歌不绝，饥寒之中也不愁苦。每当听到别人唱优雅的歌曲时，他必定请人再唱一遍，自己跟着学。孔子正是这样通过音乐达到放松精神、养生延年的目的。

孔子在养生方面提出了许多见解，主要集中于饮食养生方面。在许多人的心目中，孔子是文弱迂腐的老书生模样，而事实上孔子酷爱体育，身体强健，喜欢钓鱼和射箭，并且还是位优秀的骑手。但他最喜欢的运动是登山和游泳，所谓仁者乐山，智者乐水。暮春时节，他常与十多个学生结伴去沂水游泳，必至兴尽方罢，一路唱着山歌回家去。正因为孔子长期坚持体育锻炼，所以尽管一生多次陷入困境，却都坚持了过来。

孔子不但自己依此而行，还通过弟子把这些知识传授给大家，从而避免了饮食不当所致的疾病。正是平时多方面的修养，塑造了孔子强健的体魄，使他能在那战乱年代有力量为实现自己的主张而去拼搏，并且最终成为世界文化史上的一代伟人。他主张的活到老、学到老的养生思想，具有积极的意义。

道家老聃养生术

老子是先秦哲学家，又称老聃，道家学派的创始人。他生活的时代和孔子相差不远，因他做过周朝守藏史，所以孔子向他问礼。老聃对养生学造诣颇深，他认为人之生难保而易灭，气难清而易浊。只有节嗜欲，才能保性命。会养生的人，一定要薄名利，禁声色，廉货财，损滋味，除佞妄，去妒忌，才能健康长寿。老子还特别讲究养气。他认为，口吐浊气，鼻引清气，四肢脏腑皆受其润，如山之纳云，地之受泽。若练得气之十通，则百病不生。老子本是著名的炼丹家，但他却认为，再好的灵丹妙药，也不如自己的津液(唾液)有益于自身。因此，他主张咽津以养

◀ 导引术

65

老子骑牛图 ▶

生。后世道教徒把叩齿鼓漱的咽津法列为每日必做之功课。唐代医学家孙思邈在《千金方》中，把咽津总结为服玉泉法，认为叩齿服玉泉的作用在于坚齿发，除百病。

《庄子·达生》中讲述了一个名为"削木为镰"的寓言。这则寓言说的是一位手艺精湛的木工制作了一个雕刻有鸟兽等图案、用来悬挂钟鼓的木架子，工艺十分精美。众人见了非常惊异，认为简直是鬼斧神工之作。当鲁国的国君询问这位木工凭借什么制造出如此精美的工艺品时，他回答说，这是"以天合天"所致。道家所崇尚的是一种顺应自然的审美原则。庄子之后，中国文学艺术不仅在理论上继承了顺应自然的审美原则，而且把它具体贯彻到了艺术创作的过程之中，从而形成了一种"天趣自然之妙"的独特艺术风格。庄周在老子"顺应自然"养生观的基础上，又有所发展。庄周对养生学颇有研究，他认为人类不仅要顺应自然，更重要的是掌握它的规律，按照自然的规律去养生。他在著名寓言"庖丁解牛"中说明了他的观点。中国传统养生术中的动形养生就始于庄子。

武则天信佛养生

在1300多年前的唐朝，出现一位著名女皇，叫武则天。她自幼习文练武，爱好广泛，入宫后她的很多才能又得到全面展示。武则天还非常爱花，宫中苑中，常设鲜花，四时争妍不绝。武氏不仅爱花，还爱草，在宫中还举行斗草比赛。所有这一切使她在精力、心力、智力、体力上都得到切实的锻炼，而且赏花调情，音乐和神，歌舞美仪，书法调气，骑射强体。这些都是高雅的摄生之道。

武则天是一位胸怀开阔的政治家，她雍容大度，广招人才，举贤任能，不计卑微，唯才是举。她的做法受到当时一些人的诽谤，武则天听后笑着说："只要为官清正，尽职效力，还怕人家说三道四吗？"有个将领在扬州举兵三十万谋反，武氏将其平息后，并未杀死他，而只是削去其父祖官爵，夺去所赐李姓，复其本姓徐氏。她对尚可感化的敌手并非一概置于死地，而是宽大为怀。

武则天的母亲是个虔诚的佛教徒，且高寿至92岁，这种先天的遗传因素和后天的修

◀ 武则天像

养方式对武氏也有一定影响。太宗去世后，她被发落到皇家寺院感业寺修佛三年，学到了一种佛家功法。执政期间，她亦常与僧释道士来往，研究修养之道。她重视修身之道，在她日理万机之暇，经常坐禅修道，调养身心，消除疲劳，清神明智，这是她长寿的重要原因。另外，游览山水，观赏风光，亦是武则天的健身之道。武氏喜欢旅游，嵩山少林寺、泰山玉皇顶、龙门石窟、晋祠等地她都游览过。

医家华佗养生术

华佗博学多才，医道如神，养生有术，一生矢志医学，一心济世活人，行医传道于江淮等地，深受人民敬仰和爱戴。据《后汉书》记载，华佗年近百岁而看上去就像壮年人，当时人们认为他是神仙。华佗有两个弟子，一个叫樊阿，一个叫吴普，他们二人都曾向他请教养生方法。华佗传给樊阿一张服食秘方，名叫漆叶青黏散，属于养生方剂。樊阿以此养生，100多岁时头发胡子还乌黑发亮，精力非常充沛。传给吴普的养生术名叫五禽戏，是一种体育养生方法。吴普90多岁时还耳聪目明，牙齿坚固。华佗的弟子以不同的养生方法都得以高寿，可见其养生术的效果是十分显著的。

华佗自幼聪明好学，素爱方术和养生修道，收集了很多秘方验方。长大后遍游名山大川，拜师求道，这样寻访了好多年。在游览之中看到山中飞禽走兽，如虎、鹿、熊、猿、鹤等奔跳戏耍的各种动作，而且留下了深刻印象。后来他又得到一部医书，载有疗疾和养生健身方法，其中之一就是五禽戏。在前人的基础上，再加上他自己的游历山川所见，华佗重新编排五禽戏之动作，并坚持演练，仿佛又置身于大自然之中，有心旷神怡之感。这样日复一日、年复一年地锻炼，达到了出神入化的境界，收到了意想不到的健身效果。五禽戏就是模仿虎、鹿、熊、猿、鹤五种野生动物的动作的一种健身运动。五禽戏有两个显著特点：第一，五禽戏是一种适度的人人皆宜的活动；第二，其动作特点是刚柔相济，且与五脏相应。

◀ 神医华佗

华佗善于观察，他从水獭的举动推断出中药紫苏的药性。有一年夏天，华佗正在江南的一条河边上采药，忽然看见一只水獭逮住一条大鱼，高兴地吃了很长时间，把肚子撑得圆圆的像鼓一样。只见它一会儿跑进水里，一会儿又上岸走动；一会儿躺在岸边不动，一会儿又来回不停折腾。看样子，这水獭吃得太饱，撑得难受。后来见它爬到岸边一片紫色草丛旁边，急急吃了些草叶，就地躺了一会儿，起来竟没事了。原来，这种紫色的草就是中药紫苏，它能温中和胃，解表散寒。华佗从水獭的举动得到了启示：鱼类在水中属凉性，紫苏在岸上属温性，紫苏定能解鱼之寒凉。

槐荫消夏图（宋）

内　容　篇

　　了解了中华养生文化的特点后，人们一定想知道更多的养生内容。由于中华民族历史悠久，民族众多，地域广阔，因而中华养生内容丰富，手段繁多，异彩纷呈。中国人在数千年的劳动实践中，在正确的养生理念指导下，积累了系统的养生手段与经验。这些养生手段主要包括精神养生、饮食养生、健身养生、环境养生、习俗养生、艺术养生、四季养生等。让我们来共同欣赏承载着中国传统文化的各类养生方式。

精神养生

　　综观世界各国长寿老人的长寿之道，几乎无一不提及得益

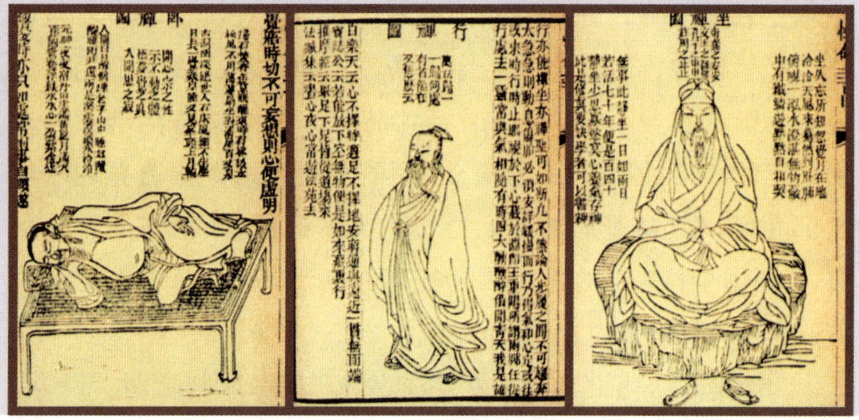

◀ 禅修图

于良好的心态，这就清楚地表明精神调理养生对于健康的重要作用。精神调理养生是现代社会人人都应重视的一项保健措施，也是一个国家、一个社会文明程度的重要标志。我们在人生的旅途中，务必依据社会、家庭的客观条件以及各自年龄阶段的心理发展规律，切实采取积极的精神调理养生方法，努力养成健康的心理、完善的人格和顽强的社会适应能力，预防各类精神疾患和身心疾病的发生。

情志活动影响人体健康

人的健康与疾病不仅与遗传素质、生化反应及微生物作用有关，而且与人格特征、情绪状态、心理活动等因素有着密切的关系，就像俗话所说：笑一笑，十年少；愁一愁，白了头。研究表明，积极的情绪可增强免疫功能，激发中枢神经系统，促进新陈代谢，使人容光焕发，精力充沛，不易患病，即使患病也易于康复。相反，负面情绪却对健康构成严重威胁。中医体系中非常重视情志活动对人体健康的影响，将人的情志活动分为喜、怒、忧、思、悲、恐、惊七情变化，当它们超越人体所能承受的限度时，就有可能带来不良后果：狂喜伤心，暴怒伤肝，忧思伤脾，过悲伤肺，惊恐伤肾。中国明、清两个朝代涌现出大批的古典小说，这些作品中描写了很多情志活动影响人物命运的精彩故事：《三国演义》中的周瑜因嫉妒诸葛亮的才华气郁而死，《红楼梦》中的女主人公林黛玉因过于悲伤而气绝身亡，《说岳全传》中的牛皋因为狂喜而死于马上。情志变化对人体的影响可见一斑。

要想保持平稳的情绪，就要注意情志的节制与疏泄。节制法是对于一切过激的情绪反应作出适当的调节和控制，使其不要超越人体所能承受的正常生理限度，以免造成不良后果，特别强调节怒对于养生的意义。在日常生活中，有些人会因区区小事而大动肝火。这不仅对健康没有丝毫好处，而且还会酿成种种

▶ 林黛玉像

悲剧。在这里，需要的是理智、冷静和高尚的思想道德修养，既要善于自重，又要善解人意、平心静气地处理好各种关系。

利用情绪反应也能治病

人应当笑口常开，使之感到青春常在。笑与人体健康的关系甚为密切，历来被中外医家推崇为精神养生的最佳方法。在日常生活中，因发笑而去病延年的事例俯拾即是：据传清代一位官员身患精神抑郁症，请来郎中看病。那位郎中有意将他的病诊断为妇人才患的月经不调，此举引得那位官员开怀大笑。他当众嘲笑郎中，此后数日一直处于高兴的情绪之中。没有多久，他的抑郁症在不知不觉中康复了。这说明，笑容所激起的愉快情绪有时甚至大大超过药物的作用。

东汉名医华佗也曾用激怒法治疗一位地方官的淤血症。当时有一位官员患病很久了，他的内脏之中形成淤血，请华佗

人际沟通课程 ▲

为其诊治。华佗分析了他的病情，认为这位官员的淤血需要排出身体，方能病愈。如何才能将这位官员的淤血排到体外呢？华佗想到一个独特的办法为他看病：多收其钱，却不为他进一步治疗，然后又不辞而别，只留下一封信，对那个官员进行辱骂。那个官员听罢大怒，命令随从追杀华佗，但没有追到。那个官员气得暴跳如雷，口吐大量黑血，此即为淤血。那位官员吐出淤血之后，病也随之痊愈。

弈棋养生受益多

古代有则小故事，分析了两个人学习下棋的不同结果：相传古时有个叫弈秋的人，棋艺高超，在全国范围也是下棋高手。由于他的棋艺精湛，有人就请他教两个人下棋。其中的一个人专心致志，认真学习，非常听弈秋的话。另一个人虽然听着弈秋讲棋，但心里却总感到天鹅快要飞来了，总想拿起弓箭去射它。这样一来，他虽然跟那个人一道学棋，可他的成绩却不如那个人。造成这种结果是因为他的智力不如那人吗？答案是否定的。

上面这则故事说明一个道理，要想学好棋艺，必须专心致志。弈棋是一种很好的养心调神形式，人在弈棋时的思维、情绪以及机体和手指的部分肌肉会随棋局的发展交替起伏变化，易于使全身各器官受到良性刺激，有利于保持亢奋的精神状态。弈棋能培养人沉着、勇敢、机智和果断的品格。弈棋如同作战，纵横驰骋，顽强拼搏，两军相逢智者胜是棋盘上的辩证法。从精神调理角度分析，这种行兵布阵的智力角逐可使心脑发生变速性和变力性反应，有利于心肌和机体传导系统向着良性方向发展。因此，经常弈棋可提高大脑的思维能力和防止过早老化。弈棋可促进人际交往和人际关系的改善。业余时间摆开阵势，一边对弈，一边谈天说地，有利于联络感情和增进人与人之间的相互了解。所以，以棋会友不失为开展社交活动的好办法。

弈棋与长寿的关系甚为密切。在中国历史上因善弈而长寿者大有人在，如明代的高兰泉、清代的秋航，享年均在90岁以上。近代象棋高手林奕仙也活到93岁高龄，而谢侠逊更是被誉为百岁棋王。此外，中国现代的一些著名军事家也都酷爱棋类活动，如陈毅元帅是国际上知名的围棋大师，朱德元帅和彭德怀元帅对中国象棋造诣颇深，他们娴熟的棋艺与他们卓越的军事指挥才能相得益彰。

▼ 下棋(元)

75

爱竹文化养心育人

竹子虽然是一种普通植物，但它在中国科学发展过程中成为"竹子文明"的载体，引发了中国人对它的喜爱。中国人种竹、用竹、爱竹、咏竹、画竹之风长盛不衰，绵延了数千年。中国南方民间广泛遵循着一种风水习俗，认为屋前路边有竹林，是风水好的标志之一，预示家道兴盛、四季常青。日常生活中出现的吉祥图案，有很多是含有竹子的，如"岁寒三友"、"五清图"、"竹梅双喜"等，因此竹是吉祥、富贵、平安的象征。民间将农历五月十三日称为龙的生日，言此日栽竹多茂盛。

自古以来人们不仅喜欢竹子的外形，更爱竹子的内涵。中国悠久的历史和文化赋予许多生物以人的灵性，松、竹、梅被称为"岁寒三友"，因为在寒冷的季节里，大多数植物纷纷凋谢，而这三种植物依然傲然挺立。梅、兰、竹、菊被誉为"四君子"，这是因为人们喜爱它们所代表的优秀品格。谦虚谨慎是竹所代表的品格，竹子最大的特点就是"腹中空空"。把竹子纵向剖开，里面只有横隔的竹节，其他一无所有。而竹的"腹中空空"正好形象地表明了它的谦虚。腹中无物就必须从外界不断地汲取营养，不断充实自己，永不满足。竹子的优秀品格促使人们摆正自己的位置，引导人们培养自身的良好心态，而良好的心态是保持自身健康的重要基础。

竹石图（清·郑燮） ▼

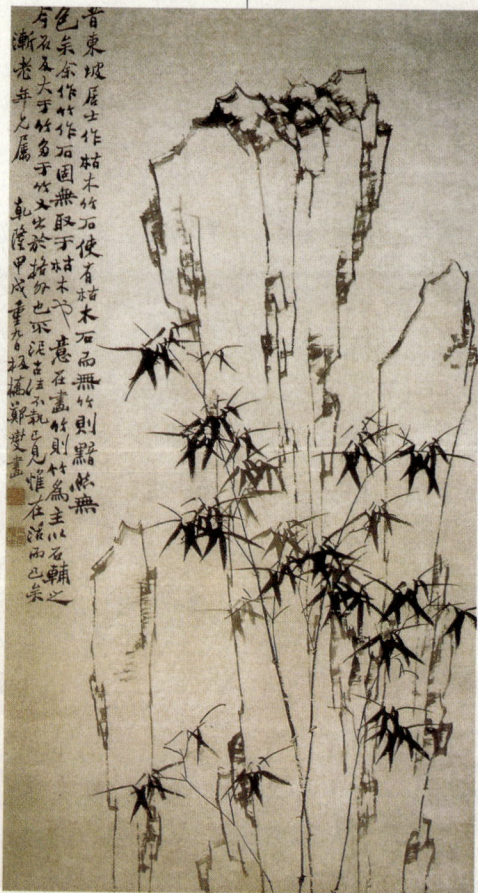

76

环境养生

　　环境对人的健康有着重要影响，自古以来人们就非常重视其生存环境，《黄帝内经》里记载了人们的观察：居住在空气清新、气候寒冷的高山地区的人多长寿，居住在空气污浊、气候炎热的低洼地区的人多短寿。可见，居住地方的水土、气候环境对人体的健康长寿是非常重要的。

环境因素与养生

　　距今 2500 多年前的春秋战国时期，居民就已制定了清洁饮水公约，不遵守者以法律处治。人们很早就认识到水对人体健康的重要性。中国考古挖掘的古城遗址遗物证实，春秋战国时期的城市地下已有用陶土管修建的下水道，不仅注意到饮水卫生，而且还注意到保护环境卫生。

　　不但自然环境与人们的健康息息相关，社会环境同样和人们的身体状况紧密相连，《黄帝内经》里就非常明确地阐明了诊治疾病要注意社会心理因素的影响。

居住环境与养生

　　人们一度把山区多长寿老人归因于青山绿水、气候宜人、物产丰富、空气与水源未被污染等因素。毫无疑问，这些条件对健康和长寿是有利的。不过，进一步研究发现，高山的低氧空气是有益于健康长寿的重要因素，这也是我们为什么提倡建

房宜依山选址为好。

人们依山建设住房，山中的树林，夏季可以减少阳光辐射，冬季能减低风速，有挡风避寒的作用，还可以吸收噪声，使环境保持幽静。人们的居住环境不容忽视，其原因在于人们有近一半的时间要在住宅环境中度过，尤其是婴儿和老年人，他们有80%的时间要在室内度过，而居住条件的好坏和人们的健康有着密切关系。

中国江苏有一个著名的水乡——周庄，这座古镇因河成街，傍水筑屋，是江南典型的"小桥流水人家"，非常适合人们居住。

养花能够有效改善环境

养花是中国一项古老的文化习俗，不仅能美化环境、装点居室，而且还能陶冶情操、充实生活、增进身心健康。自古以来，鲜花就以其美艳、馨香和姿容赢得人们的称颂，在美化人类生活方面担当着重要角色。如一朵朵碎金般的迎春花或冰肌玉立的水仙，可使乍暖还寒的早春显露生机；淡雅的文竹、素馨的茉莉却能在骄阳似火的夏季给人以宁静清凉之感；金橘、葡萄等盆栽植物又会在金秋时节呈上甜美的果实；而仙客来和瓜叶菊则会在隆冬透出春的气息。欣赏这千姿百态的花草世界，无疑会使生活充满乐趣，使人身心愉悦。

有些植物尽管没有香味，但也能从叶、皮中分泌杀菌素，如松柏类植物等。适合室内盆栽并可制成盆景的花卉、花木有紫

◀ 观赏型盆景

丁香、紫茉莉、栀子花、白兰花、米兰、金桂等。

盆景是中国古老的园林艺术珍品，被人们誉为无声的诗、立体的画、有生命的雕塑。盆景可以美化生活，陶冶情操。养花制景可使大脑和身体得到适当锻炼，有益于身体健康。

饮食养生

人的生活离不开日常的饮食，人们很早就认识到饮食对人体健康的重要性。由于中国地域辽阔，不同地方的饮食结构也不尽相同，不同的饮食衍生出不同的饮食文化，各具特色的饮食文化都与养生密切相关。

药膳 ▶

药膳保健有特色

药膳，是在中医学理论指导下，将食物与药物通过烹调而成的具有保健作用的美味食物。药膳的种类与普通食物的种类几乎相同，那么药膳与普通食物相比究竟有什么不同呢？

从药膳的定义可以看出，药膳是药物与食物的巧妙结合，它取药物之性，用食物之味，两者相辅相成，最终收到药物治疗与食物营养的双重功效。药膳须在中医药理论指导下选料、组方、加工、服用，方能保证其应有的功效。它以治病和保健为目的，能让病人得到治疗，让体弱者增强体质，能使健康者更加强健。药膳常用的药用食物有人参、黄芪、黄精、枸杞、冬虫夏草、何首乌、茯苓、桑葚、芝麻、胡桃仁、蜂蜜、莲子、猕猴桃、牛肉、鸭肉、鱼类等。近年来，中国卫生部公布了一份药食两用的品种名单，为药膳的制作提供了一定的规范。实践表明，适宜的药膳，具有药、食二者之长，确能收到保健、防衰、抗老的功效，是食疗、食养中一个颇具特色的内容。

中国有句古话：民以食为天，意思是人类应以饮食作为自身生存的根本。食疗是中华养生的特色手段之一，在中国民间

▲ 冬虫夏草

山药 ▲

非常普及，它在增强体质、调理慢性疾病方面有着许多化学药物达不到的效果。食疗配方品种繁多，在不同地域所用的原料及制作方法也不尽相同。下面介绍三则食疗配方。

怀药芝麻糊

原料：山药15克，黑芝麻60克，玫瑰糖6克，鲜牛奶200毫升，冰糖120克，粳米60克。

制作方法：将粳米淘洗干净，加入清水浸泡1小时，捞出滤干。山药加工成细末，黑芝麻置锅中炒香。将粳米、山药、黑芝麻同置盆中，加鲜牛奶、水适量，搅拌均匀，磨碎后过滤出细茸待用。锅中加入冰糖，加水适量。待溶化后过滤，置火上加热烧开。慢慢倒入芝麻、粳米、山药浆，再加入玫瑰糖，不断搅拌成糊。待熟，起锅食用。

用法：做点心或早餐一次吃下。

功效：滋阴补肾，益脾润肠，适用于肝肾不足、病后体弱、大便燥结、须发早白等症。尤其是中老年体质虚弱者，长期服用，可健体强身，延年益寿。

健胃消食牛肚汤

原料：山药30克，牛肚250克，生麦芽50克，党参25克，茯苓15克，八角5克，陈皮5克，生姜3片，味精、精盐各适量。

制作方法：将牛肚浸透洗净，切片。各药洗净，与牛肚片同放锅中，加清水适量。用武火煮沸后，改用文火煲3小时。加味精、盐等调味，即可食用。

用法：食肉喝汤，党参、山药与茯苓可以一并嚼食。

功效：健脾和胃，可以辅助治疗脾虚食滞、食少难消、脘腹胀满、反胃、吐酸等。

怀参蒸鳝段

原料：怀牛膝15克，鳝鱼500克，党参5克，当归25克，熟火腿75克，绍酒15克，生姜5克，大葱10克，清鸡汤、胡椒粉、食盐、味精各适量。

制作方法：怀牛膝、当归、党参洗净后切片。鳝鱼剖后去内脏，用开水稍烫一下，剁去头尾洗净，切段。熟火腿切片，生姜、大葱洗净后切成姜片、葱段。锅内加入清水，将一半姜、葱、绍酒加入烧沸。下入鳝鱼烫一下，捞出，装入蒸钵内。面上放火腿、怀牛膝、党参、当归、生姜、绍酒、胡椒粉、食盐，灌入清鸡汤。盖好盖，上笼蒸1小时取出。拣出姜、葱，加味精调味。

功效：补肝养血，强健筋骨，活血通络。适用于肝肾虚损而致腰膝酸痛、关节冷痛、重痛或浮肿等。

炼丹对养生的消极影响

道教是中国的宗教之一，道教的始祖是战国时期的李耳，被后世称做老子，其核心思想是阴阳学说，认为天、地、人演变的内在原因，是阴阳平衡。道家认为在大自然中，有生命的生物体不是永恒的，而没有生命的山石才是永不消逝的。人若

吃了山石中的精华，就可以像山石那样长生不老。这个精华就是通过长时间的烧炼而得到的金属物质。这些金属物质由于山石的种类不同，而含有不同成分，但是主要成分都是锡、铅、汞等金属物质，这些物质在今天看来对人都是有毒物质。

明朝中叶是中国历史上人们普遍服食丹药的时期，服食炼丹得道成仙是许多人追求的梦想，但许多人却为此失去了生命。尽管如此，人们借助药物得道成仙的动机时常影响着后人的生活。至今很多人依然迷信各种各样的药物，认为药物是万能的，药物能够帮助人类解决一切医疗保健方面的问题。然而，事实证明这种理念是错误的。

《红楼梦》中的养生方法

古典文学名著《红楼梦》，不仅塑造了众多栩栩如生的艺术形象，而且还介绍了不少养生保健方法。

老子传铅汞
仙丹之道图 ▶

▲ 《红楼梦》图页

　　饮食养生：《红楼梦》中介绍了许多食疗方。在第十一回中，秦氏病重，老太太赐以枣泥馅山药糕，就是"极养生之术也"。此糕性味平和，健脾益气，补而不腻，易于消化，最适于久病体虚者服用。类似食疗方，《红楼梦》中还列举了酒酿清蒸鸭子、奶油松瓤卷酥、藕粉桂花糖糕、建莲红枣汤、鸭子肉粥、红枣粳米粥等等。

　　饮酒养生：《红楼梦》第三十八回中，介绍了以酒养生的实例。因螃蟹性寒，黛玉食后觉得心口微痛，宝玉便令将那合欢花浸在烧酒中，烫一壶来给黛玉喝。合欢花，合欢树上所开白色小花，性平味甘，有安神、解郁等功效。将其浸于酒中，可舒郁理气、安神活络，安五脏，和心志，治郁结胸闷、失眠健忘之症。

节食养生：贾府数百人，各有不同的医疗保健方法和养生之道。《红楼梦》第五十三回，晴雯患感冒几近痊愈，后因补孔雀裘又复发，病势渐重，便用了贾府的风俗秘疗——饥饿疗法，净饿两三日，又慎服药调治，便渐渐地好了。

　　饮茶养生：《红楼梦》中有多处描写吃茶养生的情形，每处虽着墨不多，但各有意趣，耐人寻味。如第六十三回写宝玉吃了面食，林之孝家的劝他饮普洱茶。宝玉饮后，顿时食欲大增。在中国，名茶繁多，其味也是各具特色。如绿茶以清幽淡远为贵，红茶以醇厚甘甜为优，安徽铁观音香气浓厚甘芳，武夷岩茶幽香清逸，等等。以茶养生，确能收到赏心悦目、怡神健体之功效。但也应注意，喝茶要讲究实际、实用、实效，切忌睡前喝浓茶和经常饮用隔夜茶，以免影响入睡与健康。

　　多动养生：《红楼梦》中的贾母，是个老寿星。她的养生之道，首要的一条就是注意散步和游玩。正如书中所说，贾母性情豁达，又喜欢运动，此乃她长寿的根本原因之所在。

饭前喝汤益于健康

　　前面提到过羊肉的吃法，中国有三种饭前喝汤的饮食习惯是源于蒙古族的：一是涮羊肉。真正的涮羊肉是一边吃肉，一边喝汤。二是手抓羊肉。真正的手抓羊肉，是一种火锅饮食，是一边吃肉，一边喝汤。三是羊肉泡馍。这种吃法是先喝肉汤，后吃肉的典型。其实过去中国的不少饭馆，都有免费给客人喝肉汤的传统，现在这样的餐馆很少了。只有广东、香港、澳门、台湾等地的公众，至今还保留饭前喝肉汤的传统。因此这些地区的很多人营养良好而且身材苗条。他们至今爱喝鱼腥粥，爱喝肉米粥，这些都是早茶的基本食物。

品茶养生添乐趣

中国是茶文化的故乡，茶是人们生活中最广泛的饮品，是生活中不可缺少的。茶的种类很多，炮制各异，作用也不完全相同。因此，饮茶十分讲究，茶文化可以修身养性，有利于健康，是生活中的甘泉。茶以泡水饮用为主，也可以入药或做调味剂，如做茶鸡蛋；也可做清洗剂，去除腥腻味。茶用处虽多，用得不当也会有损健康。茶可刮消脏腑，消减腹内脂肪。久嗜浓茶会伤人营卫，使人少睡，损耗精血，能使人成癖。睡眠前、空腹状态，以及服用补品后、饮酒后均不宜饮茶。

国人在饮茶之时，常常赋予文化内涵，

◀ 煮茶图(明·丁云鹏)

87

比如，有人在茶杯盖儿上书写"清心明目"四个字，既讲出了饮茶的好处；又是一句巧妙的四言回文，随便怎么读都能成文，短短的四个字竟有八种读法，真可谓不变中蕴万变。另外，常见的还有"可以清心也"、"不可一日无此君"也是回文的佳作，可以随意断句、拆读，妙趣横生，使人在品茶时增添情趣、提高兴致，得到美的享受。

在茶馆、茶楼就更有人喜欢添些笔墨，为品香茗的茶客助兴，其中的回文对联，就是茶文化中的佼佼者。在北京的大前门由知青创办的"大碗茶"茶馆中，有两副对联就很有意思。其一为"前门大碗茶；茶碗大门前"，此联不但说出了茶馆的位置和北京人喜欢大碗喝茶的习俗，同时也暗示了流动人员在门前喝完即走的饮茶方式。另一副为"满座老舍客；客舍老座满"。老舍先生是中国著名的作家，擅长写老北京的风土人情。此联中既糅进了大家对老舍先生的赞赏和热爱，又有对生意兴旺红火的期盼。

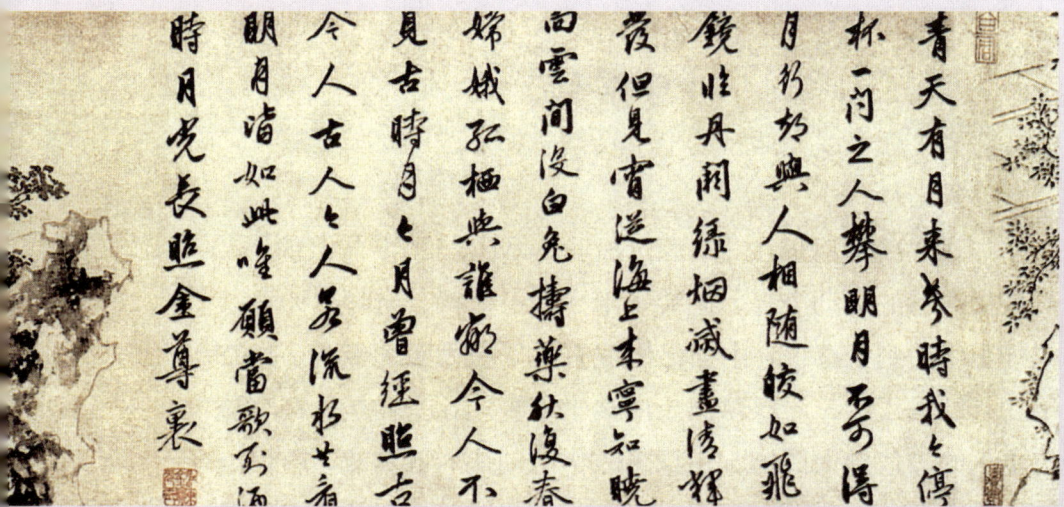

有利有弊话饮酒

酒的历史悠久，并很快被用在医药上，药酒是古人的一大发明。酒可以通血脉、行药势。药酒可以长期保存，经久不坏，服用方便，是养生、防病、治病的重要武器之一。酒的种类很多，酿造方法多种多样。总的来说酒味辛而甘，性属温热，能活血脉、通阳气、祛寒邪，载诸药而行药势。

酒的功用很多，使人受益不少，是否意味着人们可以放开饮酒呢？

答案是否定的。由于酒性温烈，饮用不适当或过量饮酒，多会助火劫阴，损神耗气。如用酒浸制温补燥烈的药物，更会增加酒的燥烈程度，不利于健康。所以古人对酒有功过各半的评说。因此饮酒、用酒的禁忌是养生保健的重要问题之一，凡属体内有热，无论是虚热、实热，都不宜饮用；凡体内有痰湿或湿热，如体胖、脂肪肝等也不宜饮用。冬季酒宜温服，黄酒宜烫热到60℃喝最好，白酒忌饥饿时饮用。

健身养生

中国传统健身养生术，源远流长。早在2500多年以前，人们模仿禽兽的运动姿势，创编了不少健身体操，当时称为导引或导引术。到了秦汉，中国已出现有关导引方面的专著。1973年在长沙马王堆三号汉墓出土的帛书（导引图），就是先秦时流传下来的古代导引图谱。东汉名医华佗创编的五禽戏，唐代流传的《易筋经》，明代风行的八段锦、太极拳等，都是在古代导引的基础上发展起来的。导引不同于一般的体操，其特点是不单纯练肌肉筋骨，尤其强调练神。导引的功法是动中有静、静中有动、动静结合、身心俱练，并配合气功进行。

气功的概念与分类

气功一词在古代称为"导引"。

气功是通过自身调摄，以练意、练气、练形为要素的自我身心锻炼方法。如果从现代行为医学的角度看，可将气功定义为：是一种通过使用以自我暗示为核心的手段，促使意识进入到自我催眠状态，通过心理—生理—形态自调机制调整身心平衡，达到健身治病目的的自我锻炼方法。世上身心疗法的种类很多，气功区别于其他众多自我身心疗法的重要之处是它带有中国民族文化特色——它是以中医理论调神为核心指导的实践活动。

长期以来，随着气功的流传、普及和发展，中国的气功形

成了众多的流派和不同的功法，主要分为他导引和自导引两类。他导引应属于气功师发气治病等特异功能的一类；自导引又可分为动功与静功两种：如放松功、站桩功、内养功等属于静功类；大雁功、鹤翔桩等以动为主，属于动功一类。

气功与瑜伽、禅修的区别

同样是调养身心的养生方法，气功与发源于印度的瑜伽、禅修一样吗？

气功与瑜伽、禅修既有联系，又有区别。两者都是自我身心锻炼的方法，要求用调身、调息、调心的方法结合起来修习，以达到入静状态，使人在精神和智慧上获得多种益处；都能去病健身，陶冶性情；并把它们作为人们认识自身生命运动的新途径。然而，气功研究的目的，在各阶段始终立足于现实人生，以使人得到现实利益为宗旨。气功锻炼的目的，一般在于健身治病，养生益智。佛教徒修习瑜伽、禅修的目的在于获得大智慧，摆脱烦恼，了却生死。至于防病、健身，只不过是瑜伽、禅修修习过程中获得的副产品。同时，二者意守之境也不同，气功中意守多为有益于健康的某些景物；而瑜伽、禅修所意守的都是有一定宗教性的内容，如念佛等。在佛教徒看来，一个人为治病健身延年，花费许多时间去练气功，不如佛家止观以了生死。可见，人们练气功静坐与佛教徒禅修，从外表、方法上

北京某瑜伽馆 ▼

看起来无多大区别，但其主观信念却有质的不同。

鲜为人知的八段锦

中国传统养生术中还有一项叫八段锦，它是一套由八节动作编排而成的导引强身术，分为南、北两个流派。北派八段锦托名是北宋著名爱国将领岳飞所创，动作刚劲且多用马步。南派八段锦动作简易，多用立式、坐式。八段锦又有"文"、"武"之分，文八段锦强调自思、集神与呼吸吐纳；武八段锦侧重肢体运动，增强力量。

1. 两手托天理三焦 2. 左右开弓似射雕 3. 调理脾胃须单举 4. 五劳七伤往后瞧

5. 摇头摆尾去心火 6. 背后七颠百病消 7. 攒拳怒目增气力 8. 两手攀足固肾腰

▲ 八段锦图解

牵一线而动全身的放风筝

放风筝在中国有着悠久的历史，人们很早就通过放风筝来达到健身和康复的目的。中国山东省有个著名的风筝之乡叫潍坊，潍坊市每年都要举办风筝节。风筝节的确立把这项健康有益的活动推向一个新阶段，同时也吸引世界上众多的风筝爱好者一展风采。在中国古代的一些医学专著中，对于风筝疗法给予了相当高的评价，认为放风筝是凝神贯注迎清风之举，可以

风筝节 ▶

泄内热、明目，有牵一线而动全身的功效，因而放风筝备受人们的青睐。据说中国古典文学名著《红楼梦》的作者、文坛巨匠曹雪芹就是一位风筝爱好者，他不仅制作技艺高超，而且还写了一本关于风筝文化的专著，对中国传统风筝作了系统论述。此书传播到日本，产生了巨大影响。

动静结合的垂钓养生

钓鱼是一项与养生保健密切相关的活动。钓鱼活动为什么有这样巨大的吸引力，并且经久不衰呢？

这是因为，钓鱼既是一项文化活动，又是一项体育运动。世界上很多国家都有自己传统的文化特点。中国从有史以来，垂钓就和游历博览、歌情咏志、琴棋书画、修身养性联系在一起。

▲ 垂钓

人们接触大自然，呼吸清新空气，静气养神，故有养生去病的效益。垂钓时置身于大自然中，选择优雅的环境，调畅情志，有益于健康。钓鱼活动的特点是动中有静，静中有动，动静兼备。它和练气功、打太极拳、练书法绘画有异曲同工之妙。气功强调心静体松，太极拳主张刚柔相济，书法绘画要求精神集中，所有这些，垂钓兼而有之。譬如，钓鱼的运动量不太大，但是不能性急，必须平心静气，仔细观察鱼漂的沉浮动静，耐心等待。特别是钓不到鱼的时候，更应该这样做，这对人的性格是一种修炼。

起居养生

在中国，练武的人都知道这句非常著名的话：站如松，坐如钟，卧如弓，行如风。要求一个人站立姿势、坐姿、睡眠姿势、走路姿态都要努力保持良好的形态。这说明对起居活动予以规范，目的在于养生，养成良好的习惯。只有平时保持良好的姿态，才能预防不良习惯对身心的负面影响。而要想做到这四条就必须坚持习武，强健自身。其实这四条已经不仅仅是对习武之人的要求，很多有健身愿望的人都在自觉地按照这四条来做。

睡眠环境与宜忌

从养生角度考虑，睡眠的环境要求恬淡宁静、光线幽暗、空气新鲜、温湿度适宜。安静的环境是帮助入睡的基本条件之一。窗帘以冷色为佳。住房面积有限，没有专用卧室者，应将床铺设在室中幽暗角落，并以屏风或隔帘与活动范围隔开。室内家具越少越好，一切设置应造成简朴典雅的

舒适的卧室 ▶

气氛，利于安神。

古人将睡眠应当避免的问题总结为睡眠十忌：一忌仰卧，二忌忧虑，三忌睡前恼怒，四忌睡前进食，五忌睡卧言语，六忌睡卧对灯光，七忌睡时张口，八忌夜卧覆首，九忌卧处当风，十忌睡卧对炉火。避免了上述不利方式，方能保证优质的睡眠。

矿泉浴养生

中国温泉有文献记载者多达972处，其中温度高于50℃的就有229个。经地质普查，据初步统计，现全国各省市、自治区已发现温泉达3000多处。矿泉浴系指用一定温度、压力和不同成分的矿泉水沐浴。矿泉水有冷热两种，冷泉常饮用，热泉多入浴。矿泉水不同于井水和一般泉水，它是一种由地壳深层自然流出或钻孔涌出地表、含有一定量矿物质的地下水。矿泉水与普通地下水相比，有三个特点：温度较高，含有较高浓度的化学成分，含有一定的气体。温泉是大自然所提供的能健身去病的宝贵资源，中国人运用温泉浴摄生保健的历史是很久远的，2000多年前的《山海经》中就有温泉的记载。汉代张衡的《温泉赋》、唐太宗的《温泉铭》等，都记述了温泉浴健身和治

▼ 冬日里温泉浴

病的功能。李时珍在《本草纲目》中将中国的矿泉分为热泉、冷泉、甘泉、酸泉和苦泉，是中国最早的温泉分类学者之一。围绕着温泉给人们带来的养生乐趣，有着无数美妙的传说。

治病保健兼顾的药浴

药浴，是指在浴水中加入药物的煎汤或浸液，或直接用中药蒸气沐浴全身或熏洗患病部位的健身、防病的方法。药浴时，除水本身的理化作用(主要是温热作用)外，主要是药物对人体的影响。药物水溶液的有效成分，从体表和呼吸道黏膜进入体内，可起到舒通经络、活血化淤、祛风散寒、清热解毒、祛湿止痒等功效。药浴的使用在中国由来已久，据载，距今3000多年的周朝就开始流行香汤浴即用佩兰煎汤洁身；400多年前香汤浴传入民间，出现了专供人们洗芳香浴的"香水行"，且形成一定的习俗。比如春节这天用五香汤(兰香、荆芥头、零陵香、白檀香、木香)沐浴，浴后令人遍体馨香，精神振奋。春季阴历二月二日取枸杞煎汤沐浴，令人肌肤光泽，不老不病。夏天用五枝汤（桂枝、槐枝、桃枝、柳枝、麻枝）洗浴，可疏风气、驱病毒、滋血脉。及至清代，药浴不仅作为健身益寿的方法，而且广泛用于治疗和康复疾病。中国的藏族、瑶族非常重视药浴，藏族、瑶族的药浴很有特色。

房事养生

房事养生，或称性保健。夫妻间的性生活，即古人所指的房事。房事得宜有利于夫妻和睦、社会安定、种族繁衍与个人身心健康，但是，房事应注意节欲惜精和房事卫生两个方面。

中医养生讲究节欲惜精。所谓节欲，系指节制性欲。性欲旺盛之时，也要注意节制，不可恣情纵欲太过，以免肾精过耗，导致亏虚。性欲强烈，说明肾气较旺，此时如节制其外泄，则能使肾中精气经常保持充盈状态，有利于智力的发育、抗病能力的增强，也有利于延缓人的衰老；相反，若性欲不旺，强行行房，使精气强行外泄，势必易致肾精亏损，日久其肾必虚，生殖功能减退，且多早衰。

▲ 房事图（明）

按摩养生

按摩，又称推拿，就是用手在人体皮肤、肌肉、穴位上施行各种手法，达到养生、治病的目的。既可以由他人按摩，也可以自我按摩。应用按摩防病、治病、健身益寿，在中国有悠久的历史，几千年前就受到中国医学家及养生学家的高度重视。

自我按摩是养生的一种重要手段，自我按摩的手法非常丰

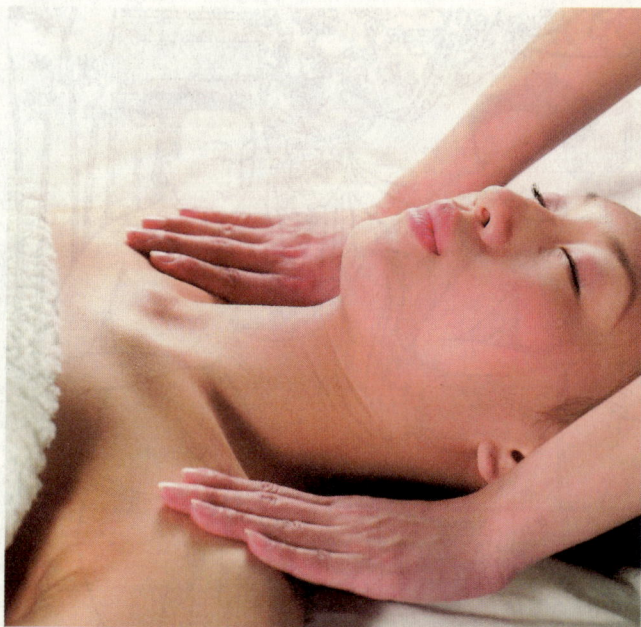
保健按摩 ▲

富，各有各的保健作用，比如：叩齿可以促进牙齿周围的血液循环，有助于使牙齿坚固，预防某些牙病；运舌，具有按摩口腔黏膜和齿龈的作用，并能刺激唾液分泌而帮助消化；擦面，可促进面部血液循环，有助于保持面部皮肤的弹性和张力；鸣天鼓，有助于预防头昏、颈项强痛等症的发生；揉腹，能够改善腹腔血液循环，促进肠的蠕动，可促进消化机能；擦涌泉，不仅能够通过改善局部循环而有助于健步，而且还有助于预防失眠、心悸等症的发生。若能坚持练习上述手法，对于养生强身、预防疾病确有一定作用。

按摩具有"验、便、廉"的特点，尤其是自我按摩，不受设备、环境等条件限制，不用针、不用药，即能达到去病强身的目的，很受广大群众欢迎。

足疗养生

在中国传统医学中，足部的反应历来被视为身体健康的"晴雨表"，因此足疗也被视做是简单、安全且又颇具效果的保健方法。首先，它通过刺激人体双足的反射区，产生神经反射作用，以此来调节人体内环境的平衡及各组织器官的生理功能；其次，足疗还能加速血液循环，促进内分泌功能，加强新陈代谢，增强心脑血管机能；最后，通过足疗还可以改善睡眠，缓解疲劳，增强抵抗力以及预防和治疗消化系统、循环系统、呼吸系统的各种疾病。

如今，在中国的城市中，足疗养生馆随处可见。人们越来越重视用足疗来保健养生，解除疲劳。

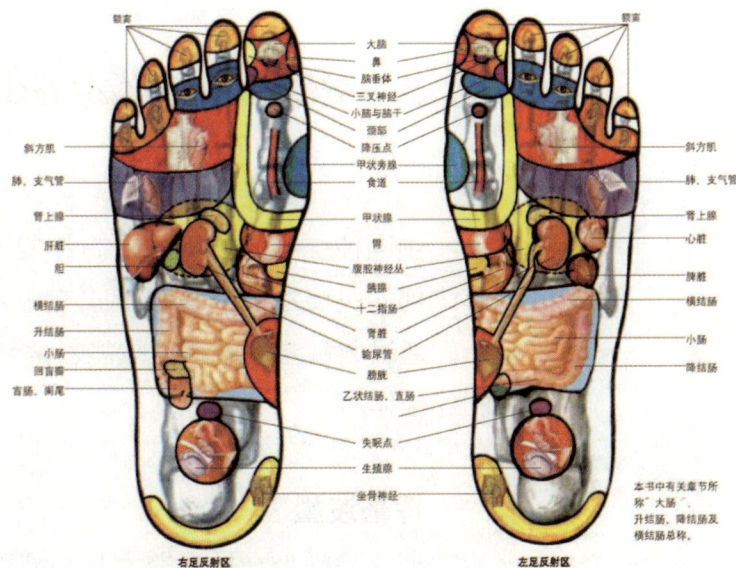

右足反射区　　左足反射区

▲ 足底反射区示意图

足疗虽好，却也有不少讲究，掌握不好很容易事倍功半。足疗前的准备工作就很重要，按摩前应先进行足浴，将足趾、小腿浸入配置好的药液中，水温宜在50℃左右，浸泡时间为15分钟左右。这样能使足部皮肤尽量吸收药液，以便增加疗效，同时还可以软化足部皮肤。

足疗时也应创造最好的按摩条件。第一，选择一个坐得舒适放松的体位，下肢自然伸直，此时经络最容易畅通，足疗效果才更突出。第二，治疗室要保持通风，按摩时空调或电扇不可直吹双脚。第三，如果足部有破损，按摩时务必避开。第四，饭前半小时、餐后1小时内不宜做足部按摩。饭前按摩，可能抑制胃液分泌，对消化不利；饭后立即足疗，会造成胃肠的血容量减少，影响消化。同时，按摩后最好喝500毫升左右的水。还要注意的是，足部按摩的时间也并非越长越好，一般控制在30～45分钟。

艺术养生

　　中国传统文化所派生出的各类艺术形式非常丰富，它们具有浓郁的民族特色。这些形式充分体现了中华民族的审美观，人们通过欣赏艺术、练习技能、学习历史，能够达到愉悦身心的养生作用。

挥毫泼墨

　　书法绘画是一项有益于身心健康的文化活动，对人的生理和心理均有良好的调节作用。对老年人来说，练习书画更有舒心养气、颐养天年的功效。从一定意义上说，书法绘画与练气功、太极拳有异曲同工之妙。在书写作画前，须集中注意力和排除一切杂念，然后作字。这就可以促进全身血液流通，维持人体的动态平衡，使大脑皮层得到充分的休息。在书写作画过程中则可充分发挥大脑的形象思维能力和对生活题材的深入开掘，

潜心作画 ▶

有利于创造出新的意境。就书者而言，气和力运于腰，腰推至肩，肩再带动腕，通过一系列动作，将全身之力贯注于笔端。因此，通过运笔的变化，就能使身体各部分得到锻炼，达到舒筋活络、柔韧肌肉的目的。此外，书画的自娱性很强，一旦大作告成，既可自我欣赏，又能在线条与色彩的变化中领略到笔情墨趣的神韵，唤起人对美感的追求和对新生活的憧憬。正因为书画有美意延年的好处，历代书画家普遍都高寿。

篆刻求专

篆刻亦称治印，是书法艺术和雕刻技艺的完美结合，也是中华民族传统文化的精华。经常从事篆刻活动能够收到修身养性、调养神志的效果，有利于控制和消除自己的不良情

绪，使人心态平和。篆刻有利于健康，与练气功和太极拳的原理基本相似。在操刀篆刻前，首先要排除心中的杂念，做到全神贯注，心系刻料。然后调节呼吸，将身上的气力通过手臂送至腕、再到指，最后落实为刀上功夫。在实施篆刻作业时，机体始终处在动静结合、刚柔相济、手眼并用之中，加之冲、切等刀法在用力上的轻重之别、速度上的缓急之分，使得全身各器官系统随着刻刀的推移而得到很好的锻炼。这对改善机体功能，促进血液循环，保持良好的心理状态都非常有利。

篆刻是一项高雅的文化活动，在小小的刻料上，人们可以充分发挥自己的才干和想象力，创造出赏心悦目、聊寄情怀的杰作。欣赏这些出于自己双手的多姿多彩的作品，无疑是一种惬意的艺术享受。篆刻能克服许多不良因素的影响，

篆刻 ▶

愉悦身心。因为贯穿在篆刻中的笔耕刀随，可有效避免有害因素的积累，及时化解负面心理，调剂精神，促进身心健康。

抚琴养性

弹琴在"琴棋书画"四艺中名列首位，并深受人们的喜爱。弹琴需要静坐入神，去除杂念，调节姿势，发挥想象力，让万千思绪随音符的跳跃而扩展。这在实际上

▲ 在高山流水中抚琴养性

与气功中的练气、佛教中的坐禅非常相似，对心理情绪和机体功能均有积极影响，其功效也不亚于目前国际上流行的放松疗法和自我训练。中国人常说十指连心，而手指在弹奏时的和谐动作的确能使血脉畅通，使心脏和横膈膜得到按摩，从而有益于内脏和躯体功能的调整。中国传统弹奏所用的琴多为古筝、琵琶等。此类乐器所表现的意境往往深远、幽静，更适于养生。

快乐收藏

提起收藏这一爱好，很多人首先会想到集邮。集邮给人带来美的享受，同时也能从中加强文化修养。与集邮类似的收藏项目相当广泛，如收藏火花、烟盒、糖果纸、报刊、书法、绘画、书签、年历卡、纪念章、古钱币等，真可谓五花八门，应有尽有。用自己的双手日积月累进行的收藏，无疑是收藏者人

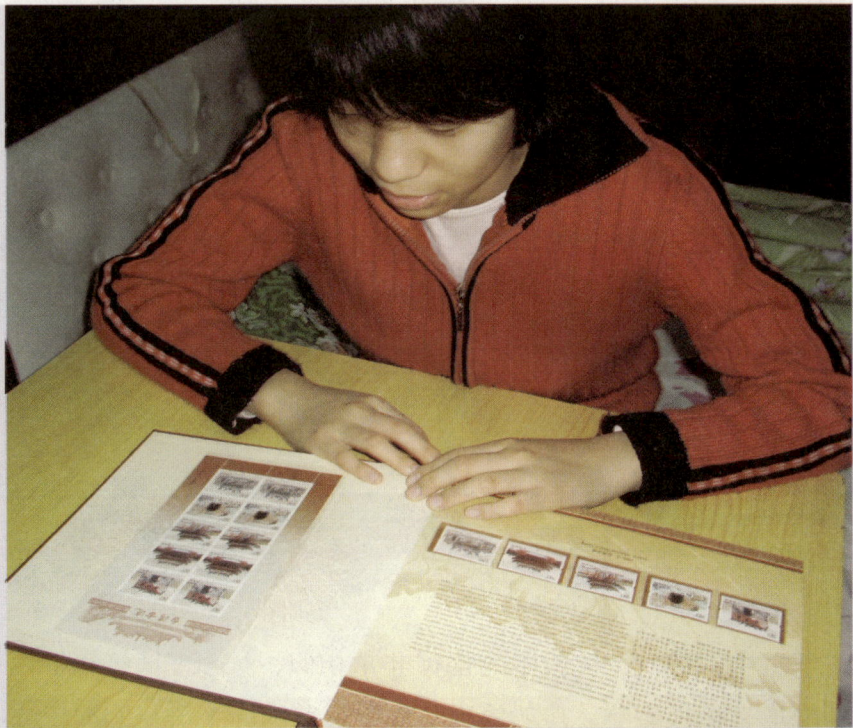

生的一件乐事。对青年人来说，它是知识扩大的有效途径；对中老年人来说，它有助于勾起对历史的美好回忆。每当这些五彩缤纷、琳琅满目的收藏物呈现在眼前时，就会带给人一种心旷神怡、叹为观止之感。只有保持收藏的圣洁与高尚，才能获得两全其美的效果。

引吭高歌

歌唱是一种自娱性很强的精神调摄方法。它主要通过对内心情感的宣泄，来起到修身养性和强健机体的双重作用。人在日常生活中时常产生负面情感，如不及时宣泄，极易郁积成病。歌唱的保健原理类似于气功的吐纳术。吐纳系指运用特殊的呼吸方法进行吐故纳新，摒弃杂念，以调节体内阴阳平衡；歌唱则同样强调集中精力，摆好姿势，深入角色。气功要求以意领气，以气合力作柔和运动，这与歌唱所遵循的以情带声、声情并茂完全一致。与单纯的音乐欣赏不同，歌唱重在个人的亲身投入，一般富有自我表现、自我娱乐和

◀ 尽情歌唱

自我陶醉的意味。随着歌声的飘荡和意境的开掘，歌唱者的情感也将处于最佳状态，因此可以认为歌唱是一种较为理想的养生手段。

激情起舞

中国是一个多民族国家，舞蹈资源极为丰富，如汉族的秧歌舞、红绸舞、大刀舞、龙舞、狮子舞以及各具特色的新疆舞、西藏舞、蒙古舞等，这些舞蹈均有助于身心的健康发展。它们

舞狮 ▶

在发展民族文化、提高民族素质方面发挥着巨大的作用。从人体生理构造上分析，胯部正好位于肢体上下两部的交会点，具有承上启下的作用。它的变化无疑会带动腰胯关节，直至整个脊椎都参与运动，使全身各部分都获得充分的锻炼。这对长期伏案工作或不善运动的人来说，可以起到改善脊椎功能、缓解姿势性腰痛和促进能量代谢的作用，并且对于休养身心、调剂神经和安眠熟睡也有颇多益处。现代医学研究表明，各种舞蹈因风格不同而对人体有着不同的影响。如中国传统的醉舞，模拟醉汉东倒西歪的动作，形似武术中的醉拳，具有训练肢体平衡功能的作用。

习俗养生

在中国，自古以来就有很多风俗习惯与卫生保健、医疗活动密切相关，比如，清明时节踏青、插柳、蹴鞠、扫墓；春节扫尘迎接新年、饮屠苏酒；端午节插菖蒲、艾叶，民间佩戴香囊、香包；重阳节登高插茱萸，室内熏香；等等。这些都是人们发现不少疾病与季节更迭有关，因而形成的一些卫生保健习俗。

春节、清明、端午习俗养生

腊八节：每年岁末，农历十二月初八是腊八节。从先秦起，腊八节用来祭祀祖先和神灵，祈求丰收和吉祥。每逢此节，家家户户做腊八粥，用以补益脾胃，温中散寒。

春节：年终时收拾房舍，以火烘房取暖，并熏走老鼠，堵封向北的窗户以避风寒之邪，以后逐渐发展为除夕大扫除的良好习俗。春节期间，大人小孩都穿新衣、放爆竹，以驱恶鬼病邪，迎新岁好

◀ 古代人蹴鞠

运。还有饮屠苏酒、胶牙饭或进椒柏酒的习俗，认为这有利于健脾补中、调运气血、驱杀虫邪。还有用桃木削成神荼、郁垒两人的形象，立于大门两侧，认为此二人具有捉拿恶鬼并以之饲虎的本领，故可以驱邪。

清明节：又叫踏青节。按阳历来说，它是在每年的4月4日至6日之间，正是春光明媚、草木吐绿的时节，也正是人们踏青的好时候，所以古人有清明踏青，并开展一系列健身活动的习俗。

中国传统的清明节大约始于周代，已有2500多年的历史。清明最开始是一个很重要的节气，清明一到，气温升高，正是春耕春种的大好时节，故有"清明前后，种瓜种豆"、"植树造林，莫过清明"的农谚。后来，由于清明与寒食的日子接近，而寒食是民间禁火扫墓的日子，寒食与清明渐渐合二为一了，而寒食既成为清明的别称，也变成为清明时节的一个习俗。清明之日不动烟火，只吃凉的食物。

清明节的习俗是丰富有趣的，除了讲究禁火、扫墓，还有

清明上河图（局部）▼

踏青、荡秋千、蹴鞠、打马球、插柳等一系列活动。相传这是因为清明节要寒食禁火，为了防止寒食冷餐伤身，所以大家来参加一些体育活动，以锻炼身体。因此，这个节日中既有祭扫新坟生离死别的悲酸泪，又有踏青游玩的欢笑声，是一个富有特色的节日。

▲ 端午赛龙舟

端午节：每年农历五月初五是中国古老的传统节日——端午节。在民俗文化领域，中国民众都把龙舟竞渡和吃粽子等活动与纪念屈原联系在一起。人们除有吃粽子、赛龙舟的习俗外，同时还有贴张天师符，以艾、蒜等植物点缀其头、手；另还有戴艾叶、佩香包，饮雄黄酒，沐菖蒲、艾叶汤浴的风俗。所有这些习俗，均有利于人体健康、祛害去病。

重阳节习俗养生

重阳节正处于丰收的金秋时节，这个季节人们的心情比较好，相关的习俗活动自然也丰富多彩。

登高：九月，秋高气爽，登高一望，草木山川，尽收眼底。这实际上是一种野游，也是一种传统的体育活动。

赏菊：菊花，又叫黄花，属菊科，品种繁多。重阳时节，正值菊花怒放的时节，花气幽香，给节日增添了不少色彩。近

111

重阳节观赏菊花的老人 ▲

年来，有人在重阳节时互相赠送菊花，以表示友谊和祝愿。

饮菊花酒：据说古时候，人们在重阳节的时候都要饮菊花酒，这种酒是头年重阳节时专为第二年重阳节酿造的。九月初九这一天，人们要采下初开的菊花和一点青翠的枝叶，掺和在准备酿酒的粮食中，然后一起用来酿酒，放至第二年九月初九饮用。据说喝了这种酒，可以延年益寿。从医学角度看，菊花酒确实可以明目、治头昏、降血压，有减肥、轻身、补肝气、安肠胃、利血之妙。

插茱萸：茱萸，又名越椒或艾子，是一种常绿小乔木，春开紫色花，秋结紫黑色果实，性味酸、涩、微温。入药制成酒，有温中、止痛、理气等功效，可治遗精、腹痛、呕吐、腹泻、便秘、消化不良等症。

吃重阳糕：重阳糕，又叫菊糕、花糕。因"糕"与"高"谐音，重阳佳节，不能登高而吃点糕，也可聊以自慰。

骑射活动：早在公元5世纪的南北朝时，有位皇帝就作出规定：每年的重阳，人们必须练习骑马射箭，并把骑马射箭作为武举的一种应考项目，只有步射和骑射都及格了，才能参加其他项目的考试。唐代，皇帝曾规定：重阳节时，五品以上的官员，可以齐集于玄武门练习骑射。

顺时养生

春生、夏长、秋收、冬藏，是大自然一年中运动变化的规律。中医认为人与天地相应，人体必须顺应自然四季变化的规律，保持机体与自然的平衡，才能顺利地度过一年四季。顺时摄养，系指顺应四时气候、阴阳变化的规律，从精神、起居、饮食、运动诸方面综合调养的养生方法。

顺应四季，综合调养

春季是万物生发的季节，阳气升发，利于人体化生气血津液。养生活动应注意养阳，以促进人体的新陈代谢。例如：精神调养上可结合踏青、春游等室外活动使人精神愉快，阳气畅达；起居上宜早睡早起；初春乍暖还寒之际要注意衣着保暖，防止感冒；饮食上宜选用辛甘微温之品，辛甘发散以助阳气升发，温食以护其阳；锻炼宜选择轻柔舒缓的户外锻炼项目，动形以养生，以利于人体的吐故纳新，气血调畅。

夏季是万物繁茂的季节，阳旺之时，人体的阳气最易发泄，因而养生活动要注意养阳。例如：精神调养上要求神清

晨练 ▲

气和，快乐欢畅，使人体气机宣畅；起居上宜晚卧早起，中午暑热最盛之时适时午睡，以避炎热，消除疲劳；饮食宜清淡爽口，易于消化；切忌贪凉饮冷太过，注意保养阳气；运动要适度，宜安排在傍晚或清晨进行，以避其暑热，防止对人体的阳气津液消耗过大。

秋季是万物成熟的季节，阳气始敛，阴气渐长，养生活动应注意收敛精气，保津养阴。精神调养上要注意培养乐观情绪，保持安宁的心境，使神气收敛；起居上宜早卧早起；衣着要根据初秋或深秋的气候特点而增减；秋燥季节，要注意保持室内一定的湿度；饮食上要防燥护阴；运动上宜静功锻炼。

冬季是万物收藏的季节，阴寒盛极，阳气闭藏，养生活动应注意敛阳护阴，以养藏为本。精神调养上应采用适宜的调神方法，勿使情志过极；起居上宜早卧晚起；衣着应注意保暖；饮食宜热食，以护阴潜阳，但不宜过食燥热辛辣之品，以免化热伤阴；锻炼可因人而异，早锻炼时间以日出后为宜，但大雪浓雾时低层空气多有污染，故不宜锻炼。

冬病夏治和春捂秋冻

中医有一个很有意思的治病方法就是冬病夏治。即在夏季阳气最旺时进行治疗，促使体内阳气旺盛进而祛除体内陈寒，从而使哮喘、老年性慢性支气管炎、关节炎、胃病等寒性疾病在冬季减轻或不发作。这种治疗方法就是利用四季变化对人体机能的影响设计的，在多年的临床实践中收到了较好的疗效。

中医四时养生中主张人们穿衣要春捂秋冻，这是因为春秋季节中气温变化方向是相反的（春季升温，秋季降温）。由于冬冷而夏热，春秋季节气温升降特急，使得室内气温变化因房屋热惰性而远远落后于室外，室内外温差因而非常显著。这样，春季中外出归来，从室外（特别是暖热的阳光下）走进室内，不要急于脱掉外衣，应当继续捂上一段时间，即"春捂"，特别是老弱病人更应如此；秋季情况则相反，因室内暖和，进屋后宜少穿衣，即"秋冻"。

实际上，古代深宅大院内夏季中还可保持相当大的室内外温差。从高温下走进阴凉的室内，也很易得病，古代称为"阴暑"。这种病从"头痛恶寒，身形拘急，肢节疼痛而烦心"症状看，还是很难受的。中国的某些特殊气候因素促使人们研究相应的应对方法，进而丰富了中医养生的内容。

旅游养生

　　徐霞客是中国明代旅行家、地理学家、散文家，是中国以旅行为毕生事业的第一人。他幼年好学，博览史籍及图经地志。应试不第后，感慨于明末政治黑暗，党争剧烈，遂断功名之念，以"问奇于名山大川"为志，自21岁起出游。30余年间，东涉闽海，西登华山，北及燕晋，南抵云贵、两广。

　　徐霞客用日记体写的游记散文，运用了丰富的描绘手段，具有恒久的审美价值。他在旅行中备尝艰险，遇盗被劫、绝粮乞食，均未挫其意志。直至进入云南丽江，因足疾无法行走时，仍坚持编写《游记》和《山志》，基本完成了60万字的《徐霞客游记》。55岁时云南地方官用车船送徐霞客回江阴老家，第二年他病逝于家中。他的遗作经季会明等整理成书，广泛流传。

　　公元1613年，徐霞客就是从地处浙东的宁海县出发，开始了神奇的游历生涯。这里青山秀水、古村荒岛、碧海渔帆，集佛宗、道源、儒乡于一体，如今已经成为以生态养生旅游为主，

徐霞客石雕 ▶

116

▲ 徐霞客故居

结合丘陵海岸观光和历史文化探源等旅游的黄金海隅。其中，县北雁苍山，奇宕秀美，是西汉"商山四皓"之一的黄公隐居之地；县西梁皇山，乃江南第一奇山，是《徐霞客游记》首宿地；县东北的强蛟群岛，如颗颗翡翠镶嵌在东海之滨；森林公园宁海温泉藏于深山幽谷之中，终年流水淙淙；县南寿宁寺，是唐代鉴真和尚第四次东渡日本时的住所；城南莲头山，山奇水亦奇，其水含药性，被誉为"东方神泉"。

几百年来，人们崇拜徐霞客的开拓精神，赞美他的文采。尽管由于客观条件的限制，徐霞客未能通过旅游达到理想的寿数，但是，他为后人做出了勇于开拓的榜样，旅游正在成为当今人们一种时尚的养生方式。

117

乾隆观荷抚琴图（清）

榜 样 篇

了解了养生方法后，我们应当看看前人为后人做出的榜样，研究一下他们是怎样获得成功的。从古到今，养生成功者不计其数，主要是因为他们遵守了养生之道，我们在前面已经认识了道家鼻祖老聃、儒家鼻祖孔丘、女皇武则天、神医华佗，那么，其他名人又是怎么做的呢？

ZHONGHUA WENHUA CONGSHU
中 华 养 生

◀ 六祖斫竹图

"山中宰相" 陶弘景

陶弘景生活在南朝（公元456～536年），他从小就萌生养生之志，注重学习养生之道，加之多年的勤求博访，深入钻研，写成养生经典著作。他的著作收录和整理了前人的养生论述，很有实用价值，为后世历代养生家所重视。他中年时代在朝为官，但因企慕养生道术，辞去高官厚禄，隐居深山。朝廷深慕其名，屡加礼聘，他都婉言谢绝。皇上只好经常通过书信向他讨教国家大事，因此，当时人们称他为"山中宰相"。

陶弘景博览群书，兴趣广泛。阴阳五行、星历算数、山川

地理、方圆物产、医方药剂、虫鸟草木，无不通晓。一人能博学如此，是保持大脑至老不衰的最好见证。他又擅书法、琴棋骑射；特别喜爱松风，所居之处，必亲手植松树，每闻其声，欣然为乐，自称神交松友。他身手敏捷，善于攀登，在旅游之中遇到幽谷深涧，要么坐卧其间，要么

陶弘景养生图 ▶

采摘花药，还常独自夜宿于麋鹿群中。陶弘景善于调和七情，为人少忧戚，无嫉妒，淡哀乐，节喜怒，保持七情平和，世俗戏谑等事一概不为。他隐居山中之后，皇帝下令每月供给茯苓五斤、白蜜两斤以作服饵之用，可见他对服食养生亦十分精通。他虽隐居深山，但仍积极救助他人。他精通医药，是一位治病救人的医学家。他经常抚恤衣食无着的贫穷之家，救助染病危急之人，故深受人们爱戴。他享年84岁。

长寿药王孙思邈

　　孙思邈是中国唐代著名的医学家,曾多次拒绝唐太宗所授爵位,长期在民间研究医学,为人治病,采种中药,著书立说,被人们尊称为"药王"。同时,孙思邈又是一位著名的养生学家,他提倡养生、食治和怡老,内容丰富,涉及预防医学、心身医学、老年医学诸方面。由于他身体力行,活到了101岁,从而成为中国历史上罕见的能将养生理论与实践相结合的长寿老人。

　　孙思邈认为情欲过度是罹疾早衰的重要因素之一,所以他主张要做到"十二少",即"少思、少念、少欲、少事、少语、少笑、少愁、少乐、少喜、少怒、少好、少恶行";并强调性医学保健的重要性,认为房事太过,不仅影响本人的身体健康,而且还会影响下一代的身心发育。他认为运动比营

◀ 孙思邈像

121

养、休息更为重要，从而把按摩、摇动肢节等全身运动作为养生的重要内容。

孙思邈对食养与药饵非常重视。在饮食调养方面，他主张饮食清淡，少吃荤腥，忌吃生杂。他还力倡"先饥而食，先渴而饮，食欲数而少，不欲顿而多"，认为少食多餐有益于身心健康。同时，他把服食具有滋补和防治老年病功效的中药作为养生的措施之一。

在环境居处方面，孙思邈强调要"背山临水，气候高爽，土地良沃，泉水清美"。现在世界各地几乎都把山清水秀、鸟语花香、空气清新、环境幽静处作为疗养胜地，可见药王对居住环境的要求是有道理的。在住室方面他又指出："但令雅素洁净，无风雨暑湿地为佳。"

总之，药王孙思邈的养生思想和方法是非常丰富的，他说到了，也做到了，名副其实。

爱国诗人陆放翁

陆游，号放翁，平生虽遇国家动荡，仍然辛勤写作一生。他是中国古代文学史上作品最丰富的诗人之一，一生写了9300多首诗。在他大量的诗歌作品中，始终贯穿着爱国主义精神。直到他临终时，还不忘国家的统一，写出了一首至为感人的爱国诗篇。陆游出生后第二年，金兵攻破北宋的首都汴京，他随父亲逃亡，经过一番流离，才回到故乡浙江绍兴。

他幼时家境清寒，为官后也不贪图富贵，省吃俭用。他53岁那年，在江西做地方官，因开仓赈济灾民而被罢官还乡，在家闲居六年，以简朴的生活为乐。再被起用后，又因一直坚持抗金复国的主张，在66岁那年被罢官回乡闲居。他过着乡村生活，与农民往来亲密，又为农民看病施药，为和农民交知心朋友而高兴。

陆游才华出众，诗文雄浑奔放，明朗流畅。他自幼敏而好学，以清贫的读书生活为乐。罢官归田后，生活十分困苦，他不为困苦所羁，仍刻苦攻读。陆游八十高龄仍读书不倦。读书为他提供养分，使他身心健康。陆游年轻时，十分喜爱体育运动，曾经学剑。在南郑军中时打球、叉鱼、猎虎、蹴鞠。晚年回到故乡绍兴镜湖边，经常做些轻微体力运动，如划船、垂钓等等，有时在小船上夜宿湖中。陆游从小就养成爱劳动的习惯，认为从事体力劳动能够促进健康，因此，他到了晚年还扶犁耕种、舂米。常年劳动，助其高寿。

◀ 陆游像

123

长寿皇帝数乾隆

◀ 乾隆像

清高宗乾隆皇帝在位60年，退位后又当了3年太上皇，享年89岁，是中国历代上最长寿的帝王。乾隆皇帝能够如此长寿，除了有优裕的生活条件外，养生有道是主要原因。

乾隆皇帝喜爱游览、书法、垂钓等有益健康的活动。他六次赴江南巡游，三次上五台山，游历各地名山大川、文物古迹、园林水榭，从而开阔了眼界、陶冶了性情。他到晚年还在故宫西侧为自己退位后颐养天年而修建了一所御花园。全园面积不足6000平方米，但是设计精巧，尽收江南园林之美。他爱书法，用笔有神，圆润遒劲，常在游历之处留御笔诗文。他还喜欢垂钓，在巡游江南时，常在扬州小金山西侧的瘦西湖垂钓，至今瘦西湖犹存乾隆皇帝钓鱼台遗址。另外，还有很重要的一点，乾隆不沉溺情欲。按中国传统习俗，皇帝内室，三宫六院七十二妃，可供帝王享乐无穷。但据有关记载，乾隆不但不沉溺女色，有时还采取一定办法加以摆脱。节欲符合中医保精养神的观点，是养生不可忽视的重要因素。

国画大师齐白石

　　齐白石是中国伟大的国画家，也是世界闻名的大画家。他1863年生于湖南湘潭县，享年97岁。齐白石从小务农，还当过15年木匠，27岁才开始学画，45岁成名。

　　齐白石热爱生活，热爱工作，对人生、事业有强烈的努力进取的精神。他一生手不停笔，除了不得已的原因，从不间断自己的绘画工作。他刻苦学习，努力创新，始终充满着青春的活力。齐白石特别重视从生活中获得素材，以大自然为师。他40岁以后，曾五次游历祖国南北各地；进入古稀之年，还入蜀游历，面对雄伟的长江三峡和巴山烟云认真写生。这不仅丰富了他的创作内容，同时也非常有益于身心健康。齐白石始终保持着天真的童心，有效地防止了精神老化，因而保证了生命力的旺盛不衰。

◀ 齐白石像

　　齐白石在画画时，异常专注，根本不理会跟前有多少人看他。一位画家觉得老人的神情十分生动，曾用文字这样描述："他眯缝着眼，椭圆形小眼镜架在鼻尖上，两唇张开，下唇微动，似在用劲。"有一次，这位画家还在齐白石作画时，为老人画了一张神形兼备的速写像。齐白石很少绘人物，更少直接运笔速写人物，所以对此感觉别致。

齐白石善画更爱美，他收了数位风雅的女弟子。谈到小时候，齐白石说自己会吹笛子，会唱歌。旁边马上有人递过一支短笛来。老人一边两手平举作吹笛状，一边用湖南乡音唱出几句山歌。

齐白石成功的背后是刻苦努力。譬如，人们多以为齐白石笔触简练，三笔一只小鸡，五笔一朵荷花。可从画稿上看，齐白石勾勒、描摹过大量的前人画作，不仅画幅本身，连题款都描得一丝不苟。这些画稿中，除去历史上的著名画家，一些名气不大的画家齐白石也照样描摹过。除向历史上的前人学习外，他还有大量写生画稿。在上面，他还常常用文字记下自己

齐白石《老当益壮》图 ▶

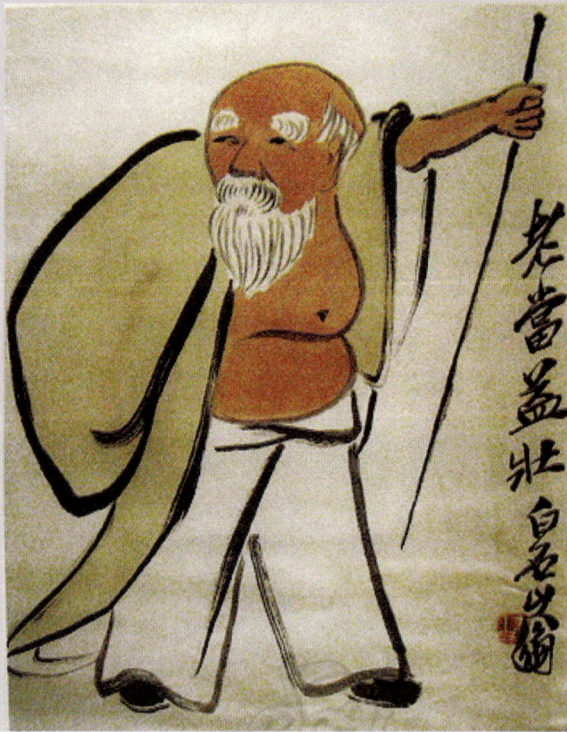

126

的观察。一张棉花稿上注着"花瓣之里有纹"、"未开棉之壳似桃子"等。后来人们十分佩服齐白石画作的精致，原来都来自他亲身细微的观察呵！

百岁棋王谢侠逊

谢侠逊是名扬海内外的中国象棋大师。他6岁初懂棋艺，10岁便小有名气，驰骋棋坛90余年，在90多岁还写成30万字的《象棋指要》，享年104岁。1987年，时已102岁高龄的谢侠逊，经上海市老年医院的专家会诊，他的心肺功能均基本正常，左、右手握力都是9公斤，视力甚佳，看书不用戴眼镜，记忆力也很好。

谢侠逊的长寿之道主要包括修身和养性两个方面。他主张少食多餐，早餐吃糯米食品。午餐喜欢吃杂面、素食，有时喝少量的果酒，他认为少量的饮酒有益于健康。晚餐比较讲究，但注意节食，不食过饱，而且晚餐后必去散步。

谢侠逊不仅用冷水洗脸、擦头，而且坚持用冷水洗澡。他还经常在公园等空气新鲜、阳光充足的地方进行锻炼。他自己编了一套健身操，方法是：每天早晨起床后，先做10次深呼吸，手掌摩擦头部和脸部，点头、摇头、腰部运动（摆腰、弯腰、旋腰）。他尤其重视进行头部按摩，从额头向下按摩多次，又以中指按摩头顶。每天早晨，谢侠逊都要快走1000步。他没有退休前在上海文史馆工作，每天都是步行上班，走一个来回是14000步。不论春夏秋冬，他都是以步代车。

谢侠逊之所以能健康长寿，还有一个重要原因，就是他重视精神修养。他豁达谦和，助人为乐，始终保持乐观的生活态度与愉快的心情。除了下棋，谢侠逊还写诗、练书法，以此来加强自己的修养，充实自己的精神世界。

养心作家谢冰心

冰心是中国著名女作家，1900年生于福州。她早年写的诗集及留学时写的《寄小读者》，吸引了一代又一代的少年读者。更加令人惊叹的是，她在进入85岁高龄以后，创作又出现了新的高潮。她年过90岁后，仍然耳聪目明，思维敏捷，不断有新作问世。

冰心一生看轻功名利禄，奉行"宁静而致远，淡泊以明志"的名言。许多年来，她虽然身兼许多职务，社会地位很高，但一直谢绝不必要的社会活动，以免浪费时间与精力。她有惊人的心理保健能力，非常注重调神养心，情绪经常处于一种清新、恬静、舒畅、和谐的状态中。即使身处逆境，她也能处之泰然，保持着坚定信念。她努力在生活中寻求动力，寻求乐趣。她一生生活朴素，从不追求享受，一心致力于工作和写作。她业余喜欢养猫和种花，努力保持心情舒畅。

冰心的名言是"有了爱就有了一切"。她一生的言行都在说明她对祖国、对人民无比热爱和对人类未来充满信心。她喜爱中华民族和全人类经过历史积淀下来的一切优秀文化成果，热爱美好的事物，喜爱玫瑰花的神采和风骨。她纯真、善良、刚毅、勇敢和正直，在海内外读者中享有很高的威望。

▲ 冰心在写作

冰心逝世后，人们以独特的方式送别冰心，这是因为人们了解她的心愿。在人们为她送别的地方，没有黑纱，没有白花，充溢在灵堂四周的是大海一般的蔚蓝和玫瑰一般的鲜红。告别室的门前，大红横幅上写着"送别冰心"四个醒目的大字，灵堂内摆满了鲜花和花篮，冰心老人安卧在鲜花丛中。冰心生前最喜爱红玫瑰，于是，热爱冰心的人们从昆明、从广州空运来了两千余枝最鲜的红玫瑰，以这样的方式向冰心作最后的告别。灵堂正面在一片浅蓝色和蔚蓝色的背景之下，衬托出冰心老人手书的"有了爱就有了一切"几个大字，周围是松柏，是用红玫瑰织成的红心图案。走进灵堂，耳边响起大海的波涛声，还有海鸥翱翔的欢叫声，管风琴与小号的幽雅旋律从遥远的天际飘摇而来。

养生哲人毛泽东

　　毛泽东是中国当代伟大的革命家、卓越的军事家。毛泽东一生著述颇丰，其中许多是哲学著作。他是一位哲人，从他对养生的态度能够看出其中包含着深刻的哲理。有人收集了毛泽东关于饮食保健方面的语录，品味起来，很有趣味。这些语录有：

　　我想吃什么，就是我身体里缺什么，吃下去就能吸收好。

　　医生的话，不可不听，也不可全听；全听你的我就完了，全不听你的我也不行。

指挥东征作战时的毛泽东 ▶

　　补品能少吃就少吃。战胜疾病，保持健康，主要还得靠自己身体的力量。

　　我有个原则，遇事不怒，基本吃素，多多散步，劳逸适度。

　　我十分能吃，七分能睡。

　　运动就其作用说可以代替药物，但所有的药物都不能代替运动。

　　从他的语录中可

以看出，他对待养生的态度是以中国传统文化为基础的。他反对机械、教条地搞养生，崇尚自然，相信自我。

毛泽东一生中三分之二的时间生活在战争年代，以他的身体状况和特殊经历，83岁已是高寿，这其中医疗保健起了重要作用。毛泽东即使已到了74岁的年纪，还能畅游长江，可见其身体状况之好。毛泽东的日常饮食

◀ 毛泽东畅游长江

生活一向非常简朴，比如，饮食中用精米太多了，就让管理员换上些糙米做饭。他经常烹调中南海里的小鱼小虾；有时候中南海的小鱼小虾不够吃，管理员就让玉泉山农场的工作人员在稻田里捕捞，以保证毛泽东每天都能吃上新鲜的小鱼小虾。毛泽东餐桌上常年都有小鱼小虾。毛泽东之所以喜欢吃小鱼小虾，是因为他年轻时在湖南家乡养成了这种饮食习惯。有人研究发现，毛泽东的这一饮食爱好是很有科学道理的。

■ 清代文人生活图

理 想 篇

东海求仙秦始皇

中华文化丛书
ZHONGHUA WENHUA CONGSHU

中华养生

在中国，有很多关于人们追求健康长寿的美丽故事。

距今2200多年前，秦始皇刚刚统一了中国，建立了中国第一个封建王朝。为了达到永久统治天下的目的，实现自己长生不老的梦想，秦始皇四处巡视，到处搜集能够让人长生不老的方法。他东巡来到琅邪郡，就是今天的山东省胶东半岛一带。他听说东海里有长生不老药，人服用后就能长生不老，于是就派遣一个叫徐福的人带领数千名童男童女，乘船入东海，到海上神仙居住的地方，为他寻找能够让人长生不老的药。徐福是什么人呢？他本为一名著名方士，就是懂得天文、地理、

▼ 秦始皇求仙雕塑

133

医术、阴阳五行的人。当时方士在一定程度上能够影响政治。徐福深谙政治之道，又懂天文地理，兼熟风候与航海。徐福出海求长生不老药没能回来，秦始皇自然也没能获得长生不老药。传说徐福怕采不到长生不老药被秦始皇治罪，就在海岛上安家落户了。秦始皇在海滨等候徐福，久久不见归来，只得赶回位于陕西的首府咸阳，途中染病而亡。秦始皇的梦想虽然没能实现，但它代表了人类追求健康长寿的美好愿望。

延年益寿何首乌

何首乌 ▼

秦始皇作为一个帝王没能实现长生不老，一个农夫却借助中药做到了延年益寿，他用的是哪种中药呢？这位农夫所用的中药就是何首乌。

相传古代有一个姓何的老汉，年过半百，膝下尚无儿女。他整天为此事发愁，经常饮酒。有一天他喝醉后在村外的小山冈上昏昏欲睡。正在蒙眬之际，忽见山坡上有两条小藤，相距一米来远，苗蔓相交，形状

134

奇特。他心生疑惑，这是什么东西长出来的藤呢？他好奇地顺着藤条挖出其根。这一挖不要紧，它的根更令人称奇！只见它酷似人形，有头，有四肢，有躯干。何老汉赶紧把它拿回家，村里的人看后都觉得很惊奇，有人怂恿何老汉把它煎汤服食。服用后，他起初没有什么反应；一年之后，旧病皆愈，面容红润，精力旺盛，身体一天天强壮起来，头发慢慢变黑，妻子也给他生了个胖儿子。此后十年内，妻子为他生了几个子女。他的后代都是由于吃了这种草药根，满头黑发，最后都超过百岁。为纪念何老汉首先发现这种神奇草药，人们便以何家第三代人的名字将它命名为何首乌。何首乌至今仍被当做一种延年益寿的良药。

休闲养生，各得其乐

当代的中国人继承先哲的养生之道，通过各自的方式实现了健康长寿。据调查，很多百岁寿星都采用某种休闲方式来调节身心健康、陶冶情操，从而达到延年益寿的目的。人生在世，总要找一些东西来寄托自己的情感，而高雅的休闲活动正是人们生活中怡情养性、促使人们走向长寿之路的绝好办法。在一些百岁寿星的日常生活中，其休闲活动的内容颇为丰富，可以肯定地说，他们的休闲活动为其长寿打下了坚实的基础。这些百岁寿星都用了哪些休闲方式养生呢？我们听听他们是怎样说的。

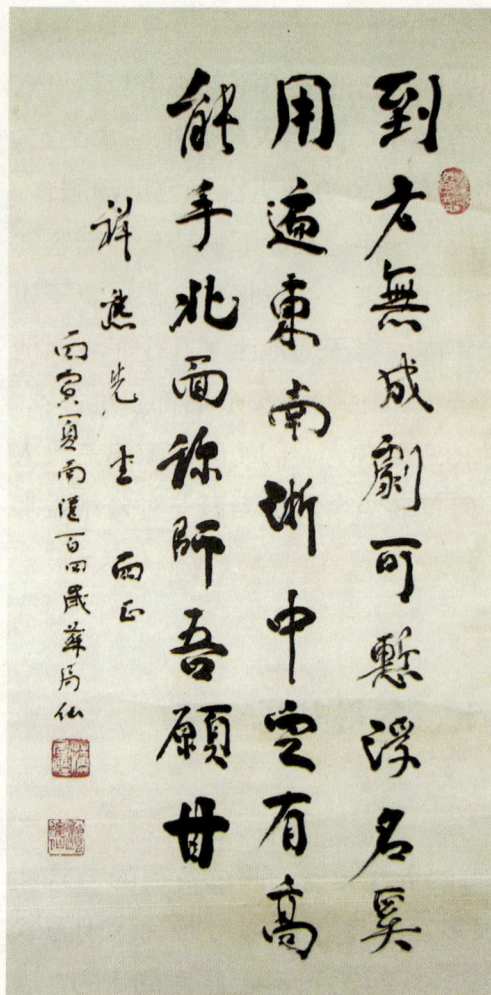

到老無成劇可憐 浮名冥
用遍東南浙中空有高
能手兆而誅師吾顧母

苏局仙书法 ▶

读书养生　哈尔滨市香坊区三辅街的张合皋一生博览群书，这种嗜好直到百岁以后也未改变。他说："读书，会从中获得很多可贵的知识，学会很多修身养性的本领，对自己的健康长寿有很大的好处。"

钓鱼养生　四川成都青羊区的百岁寿星吴泽铭医术高超，平生酷爱钓鱼。每当有人问及此事，他总是颇为自得地说："我们成都大大小小的鱼塘，我都去钓过。钓鱼是一种脑、手、眼相结合，动、静相辅助的活动，不论对脑力劳动者还是体力劳动者都大有裨益。"

书画养生　素有"上海第一老人"之称的著名书法家苏局仙，从8岁开始临池写字，一生乐此不疲。写字时，他将臂、膀、指、腕和全身相协调，力注笔尖，全神贯注，动静结合。他说："写字如同打太极拳，既能舒筋活血、促使新陈代谢，又可愉悦身心、寄托精神，确实是延年益寿的好办法。"

弈棋养生　原中国象棋协会副主席、百岁棋王谢侠逊一生驰骋棋场90余年，直到百岁高龄时，仍不惮疲劳，欣然开局。谢老说："我的长寿秘诀可列为四条，其中首条就是弈棋。"

旅游养生　著名国画家、百岁寿星刘海粟一生遍游五大洲，他曾踏访过欧洲的群山，攀登过阿尔卑斯山，到过日本的富士山。95岁时，他再次登上黄山，实现了"十上黄山"的夙愿。他说："游览山川能使人摆脱城市的困扰，情趣倍增，乐以忘忧，对人体的健康十分有利。"

◀ 刘海粟像

摄影养生　中国第一位摄影记者郎静山一生与摄影结下不解之缘。百岁以后，他仍精神矍铄地活跃在摄影艺坛上。为了捕捉人世间或大自然美好的瞬间，他跋山涉水，绞尽脑汁，将自己全身心地投入到这种体力与脑力相结合的艺术之中。他说："我没有养生之道，但我想说：摄影远胜于运动。"

音乐养生　著名经济学家、百岁寿星陈翰笙在晚年时，迷上了轻音乐。他说："听轻音乐不仅可以使人忘却心中的烦恼，把人带入无限美好的境界，而且还可以陶冶情操，享受无穷的乐趣。"

种花养生　济南市历城区的百岁寿星孙文元从年轻时就喜欢养花种草，晚年时仍嗜好此道。在他的院子里，种满了石榴、月季、葡萄、菊花等，看上去就像一个大花园。孙文元认为："种

种花养生 ▲

花既有期待的愉悦，又有通过自己劳动获得报酬的欢乐，同时也丰富了自己的晚年生活。"

唱戏养生　北京市和平街的百岁寿星毕德本对唱京戏情有独钟，有时兴致来了，一口气能唱上好几段，且中气饱满，字正腔圆，还边唱边为自己打鼓点。老人说："唱京戏能提高文学尤其是诗词的水平，加强记忆和背诵的能力；唱的时候，要气沉丹田，这样能加速吐故纳新，有强身健体的作用。"

写作养生　著名儿科专家、现代儿童营养学的创始人苏祖斐在百岁时亲自动手，撰写《100岁时写的回忆录》，作者过人的记忆力为人们所折服。她说："写作不但可以挖掘记忆力，开拓思路，使人产生积极向上的情绪，而且还能提高作者的思维和智慧，从而产生无穷的乐趣，心理上的疲惫也会由此而得到缓解。"

事实上，休闲养生和其他养生方法相比，更容易被人们所接受，更能给人带来乐趣，所以，百岁寿星都采用了这类养生方法。

长寿之乡换棺材的习俗

全世界有五个地方被国际自然医学会认定为长寿之乡，其中有两个就在中国：一个是广西的巴马地区，另一个是新疆的和田地区。

广西壮族老人黄妈美金住在甲篆乡平安村，已经103岁了。这几天，她催促62岁的小儿子给她另做一副棺材，因为晚辈为她准备的那副棺材已经快散架了，她儿子用手轻轻一掰，就从旧棺材上掰下一块木片来。

按当地习俗，

百岁老寿星

139

老人一到60岁，子孙就得准备棺材了。这具棺材是1958年做的，已有40多年历史，年复一年，主人还活得好好的，而它却熬不住岁月的流逝了。黄妈美金除背驼外，身体其他方面还好得很，客人上门拜访时，她搬凳子请客人坐，还熟练地表演了穿针引线的功夫。她儿子向客人说："我现在得为老人换一副棺材喽！"

巴马地区的长寿老人，谁没有换过棺材！在甲篆乡法福村108岁的陈妈乱家里，客人看到两副棺材并排摆着，一副已经塌了半边，木质发黑；另一副也已经油漆斑驳。可陈妈乱的头发还没有全白，留着一根花白的辫子，虽然走路要扶着拐杖，但眼睛好使，耳朵也不背，生活能够自理。她的大儿子已经80岁了。老人跟72岁的二儿子住在一起，母子俩坐在一起，倒像一对姐弟。

据当地人讲，甲篆乡甘水屯的潘乜牙，更是创造了"五副棺材四副朽"的纪录。她活了116岁，家里先后为她做了五副棺材，烂了一副又一副。老人去年去世时，躺在她的第五副棺材里。

人还健在，为她准备的棺材却已腐朽，长寿之乡的人们仍在创造着生命的奇迹！

附：长寿老人的调查

中国的养生先贤将养生的理想目标定为"度百岁而动作不衰"，长期以来激励着人们为实现这一目标而努力奋斗。历史发展到今天，现实生活中确实有不少人经过不懈的努力，最终实现了健康长寿。实践证明，"度百岁而动作不衰"并非可望而不可即。

中国的新疆维吾尔自治区1985年被国际自然医学会宣布为世界长寿地区之一，新疆的人口占全国1/80，但它100岁以上的老人865人，占全国百岁以上老人人数的22.28%。从调查资料看，百岁以上长寿老人都有一定的家族长寿史。德国一位学者调查576名100岁以上老人，有家族长寿史的占65%以上。据中国学者调查，广东省177名100岁以上长寿老人中，有家族长寿史的占84%。从家族长寿史的调查中，还看到家族寿命遗传的三个规律：一是多代连续长寿家族具有遗传优势，二是母性遗传占优势，三是长寿家庭对后代第一、二胎寿命影响占优势。

长寿调查研究的结果表明，百岁以上老人，山区、农村多于城市，女性多于男性。他们绝大多数都性情开朗，精神状态良好，生活有规律，长期参加一定的体力劳动，又有合理的饮食习惯，多数人饮食清淡，生活环境幽静，空气新鲜。这些内容都有益于人的健康长寿。

主要参考资料

岳凤先、陈晶岩：《中药现代化》，重庆出版社，1989 年 2 月第 1 版

颜德馨、夏翔：《中华养生大全》，上海科学技术出版社，2001 年 12 月第 1 版

陈士奎、蔡景峰：《中国传统医药概览》，中国中医药出版社，1997 年 11 月第 1 版

宋金亮：《养生保健百科大全》，山东大学出版社，1999 年 11 月第 1 版

张洪林：《正本清源——还气功本来面目》，中国社会科学出版社，1996 年 3 月第 1 版

汪双武：《世界文化遗产——宏村·西递》，中国美术学院出版社，2005 年 4 月第 1 版

李经纬、林昭庚：《中国医学通史》，人民卫生出版社，2000 年 1 月第 1 版

王玉川、刘占文、袁立人：《中医养生学》，上海科学技术出版社，1992 年 10 月第 1 版

陈楠：《中华养生全书》，九州图书出版社，1999 年 4 月第 1 版

王者悦：《中华养生大辞典》，大连出版社，1990 年 3 月第 1 版

黄福开：《藏医养生图说》，人民卫生出版社，2006 年 3 月第 1 版

岳胜利：《四大怀药与六味地黄丸》，中医古籍出版社，2006 年 3 月第 1 版